Florian Russi
Alids Traum
Zwölf Einhorn-Geschichten

Als phantastisches Fabeltier ist das Einhorn heutzutage in zahlreichen Filmen, Büchern, Comics und Erzählungen als geheimnisvolle Gestalt anzutreffen, die oftmals die Rolle des moralisch Guten und Reinen symbolisiert. Ob esoterisch verkitscht, als traumhafte Erscheinung im Programm des Zirkus „Roncalli" oder in der Zeichentrickserie „Die Simpsons", die Gestalt des Einhorns als wunderbares Fabeltier steht in unserer Zeit fest. Aber auch die jahrhundertelange wissenschaftliche Diskussion um das Fabelwesen scheint noch nicht beendet. Immer wieder, ja sogar bis heute setzen sich Naturwissenschaftler mit der Frage auseinander, welches Tier wohl in der antiken Welt Vorbild für das Einhorn war. Auch bei Florian Russi streiten sich in der Geschichte „Die Einhornfrage" Experten und Wissenschaftler über die Existenz oder Nichtexistenz des Tieres. Jedoch wird diese in den Erzählungen Russis nicht in Frage gestellt. Denn Russi erschafft seine ganz eigene Mythologie und lässt das Einhorn in einer der Edda ähnlichen Erzählung von der Urkuh Audhumbla aus dem Eis freilecken. Er lässt es bei den alten Griechen (in der Geschichte „Pegasos"), zu Zeiten Kaiser Ottos (in der Geschichte „U lame nu"), bis hin in unsere Zeit als wunderbares Tier in Wäldern und Auen leben. Er beschreibt die Einhörner als missachtet bei den Menschen, welche es um seine Schönheit, Redlichkeit und friedliebende Art beneiden oder wegen ihres begehrten Hornes jagen. Ihnen scheint ein friedliches und ruhiges Leben unter den Menschen versagt. Deshalb befinden sie sich versteckt unter uns, immer noch auf der Suche, ihre Tugenden zu verbreiten, wie es in Russis Geschichte „Einhorn-Saga" schon Alid, der Vater aller Einhörner, zur Aufgabe hatte. Existiert nun das wunderbare Fabeltier oder ist es immer ein Produkt der Phantasie gewesen? Der Leser möge selbst entscheiden.

Florian Russi

ALIDS TRAUM

Zwölf Einhorn-Geschichten mit Illustrationen von Jonathan Schwarz

Bertuch

Von Florian Russi sind bereits folgende Bücher
im Bertuch Verlag erschienen:

Der Drachenprinz
ISBN 978-3-937601-08-3

Papier gegen Kälte
ISBN 978-3-937601-47-2

Reden wir von der Liebe
ISBN 978-3-937601-55-7

Im Zeichen der Trauer
ISBN 978-3-937601-27-4

Über Werte und Tugenden
ISBN 978-3-937601-54-0

2., neu gestaltete Auflage

www.bertuch-verlag.com

Titelgrafik: Jonathan Schwarz
Gesetzt aus der Linotype Trajanus
Gesamtherstellung: Graphische Betriebe Weimar

ISBN 978-3-937601-89-2

Inhalt

Einhorn-Saga

Vor vielen tausend Jahren war die Welt vereist und lebensfeindlich. Doch plötzlich fielen feurige Funken vom Himmel. Das Eis schmolz zu Bächen, Flüssen, Seen und Meeren. Der Erdboden trocknete und begann zu grünen. Das war die Zeit mächtiger Riesen und Götter. Börs hieß einer dieser Gewaltigen, geboren als Sohn des stattlichen Buri. Buri war als Allererster aus dem Eis hervorgetreten. Audhumbla, die Urkuh hatte ihn daraus freigeleckt.

Mit der Riesin Bestla zeugte Börs drei Söhne, Odin, Will und We. Sie, die sich Asen nannten, wurden die Stammgötter aller Menschen auf der nördlichen Erdhalbkugel. Börs und Bestla hatten ihre Kinder mit Kraft, Gerechtigkeitssinn, Gastfreundlichkeit und List ausgestattet. Die Asen hatten diese Fähigkeiten teilweise an die Menschen weitergegeben.

Anfangs war Börs sehr stolz auf seine Söhne. Doch bald erkannte er, dass Kraft, Gerechtigkeit, List und Gastfreundlichkeit zu wenig waren, um ein gutes, glückliches Leben zu führen. Börs sprach darüber mit Odin und seinen Brüdern. Doch die waren mit sich sehr zufrieden und wollten nicht auf ihn hören. Da wurde Börs traurig und bat seine Frau Bestla um Rat.

„Von selbst wird die Welt sich nicht bessern“, antwortete diese. Sie schlug vor, ein Tier zu schaffen, das große Schönheit und jene Tugenden besitzen sollte, an denen es bisher gefehlt habe. Hoch im Norden der Erdkugel gab es noch viele Eisberge. Einer von ihnen funkelte in der Sonne wie ein gewaltiger Diamant. Börs und Bestla baten die Urkuh Audhumbla, diesen Eisberg abzulecken. Audhumbla erfüllte ihren Wunsch und befreite ein stattliches Einhorn aus der Eismasse.

Börs und Bestla nannten es Alid, was in ihrer Sprache „der Edle“ bedeutete. Sie gaben ihm all die Tugenden mit, die sie für notwendig hielten. Vor allem aber statteten sie es mit Treue und Redlichkeit aus, Eigenschaften, die sie bei ihren Söhnen am meisten vermissten. Aber auch mit großer Schönheit und Kraft beschenkten sie Alid. Die neuen Tugenden sollten nicht in einem hässlichen Äußeren daherkommen oder auf schwachen Beinen stehen.

So geschah es dann auch. Wenn Alid im Schein der Abendsonne am Horizont entlang stürmte, blieben alle, die ihn sahen, in Ehrfurcht stehen. Sein Horn wirkte wie ein Fingerzeig der Götter. Sein heißer Atem strahlte wie Feuer vor der untergehenden Sonne. Deshalb gaben viele ihm den Namen „Feuerross“.

Getreu seinem Auftrag machte sich Alid auf den Weg, um den Göttern die neuen Tugenden zu überbringen. Als erstes traf er auf Odin, den die Menschen auch Wotan nannten. „Du bist der oberste Gott. Du musst Vorbild sein für Götter und Menschen“, sagte Alid zu ihm. Doch Odin war eifersüchtig auf das schöne Tier und jagte es davon.

Da lief Alid zu Audhumbla, der Kuh, und bat sie: „Nimm wenigstens du von mir eine der neuen Tugenden an.“ Doch Audhumbla schaute abschätzig auf das Einhorn. „Was willst du? Wenn ich dich nicht aus dem Eis geleckt hätte, gäb’s dich gar nicht.“

Enttäuscht lief Alid weiter und kam ans Meer. Festgebunden an einen Felsen fand er dort den Wolf Fenrir. Es ging die Legende, dass dieser einmal den Untergang des Asengeschlechts herbeiführen werde. Deshalb hatten die Götter ihn gefesselt und ihm den Rachen mit einem Schwert versperrt. Vor Schmerz und Wut gab Fenrir schauerliche Laute von sich. Alid empfand tiefstes Mitleid und rief ihm zu: „Lass dir helfen. Ich bringe dir die Tugenden der Treue und Redlichkeit. Nimm sie an, und die Götter werden sich nicht mehr vor dir fürchten. Sie werden dich begnadigen und freilassen."

Doch der Wolf antwortete mit schmerzverzerrtem Gesicht: „Als ich mit den Göttern kosen und spielen wollte, haben sie mich hintergangen und in eine Falle gelockt. Jetzt will ich nur noch Rache üben, so wie nie ein anderer Rache genommen hat. Es ist vom Schicksal bestimmt, dass dieser Tag kommen wird."

„Jetzt aber leidest du unsägliche Qualen. Wenn du deine Meinung änderst, werde ich zu den Göttern gehen und sie besänftigen. Schließlich ist Odin der Bruder deines Vaters", antwortete Alid.

„Ja, mein eigener Onkel ist's, der mir das angetan hat", schrie Fenrir hasserfüllt. Er ließ sich nicht umstimmen.

Da trabte Alid zu Mogin, dem Kuckuck. Der saß auf einer Ulme und war bekannt dafür, dass er die Zukunft voraussagen konnte. Alid erzählte ihm von seinen erfolglosen Bemühungen.

„Wundere dich nicht darüber", antwortete der Kuckuck. „Die Götter sind viel zu stolz, als dass sie sich von einem Einhorn belehren ließen. Wer so viel Macht hat wie sie, wird seinen Charakter nicht ändern. Lass also die Götter und geh' zu den Menschen. Sie sind schwach und können Hilfe brauchen."

„Was siehst du, wenn du in die Zukunft blickst?", wollte Alid von Mogin wissen. Der Kuckuck schaute über das Einhorn hinweg in die Ferne. Dann weissagte er: „Irgendwann, den Zeitpunkt kann ich nicht erkennen, wird ein Einhorn auf eine auserwählte Jungfrau treffen. Wenn es sein Horn in deren Schoß drückt, werden Menschen und Götter sich in Freundschaft verbinden. Dann werden glückliche Tage für alle anbrechen."

Da machte sich Alid auf die Suche nach den Menschen. Er traf auf Arek, der vor seiner Hütte stand und seine Arme zum Himmel reckte. „Ich komme im Auftrag von Bestla und Börs", sagte Alid zu ihm. „In ihrem Namen bringe ich dir Treue und Redlichkeit." – „Gib mir lieber etwas von deiner Kraft und Schnelligkeit", erwiderte Arek.

Es muss doch jemanden geben, der eine von meinen Tugenden annehmen will, dachte das Einhorn betrübt und setzte seinen Weg fort. Eines Nachts begegnete es Ewin und Isa. Sie waren ein verliebtes Paar und saßen eng umschlungen an einem Feuer. Alid war voller Hoffnung, diesmal nicht abgewiesen zu werden.

„Wie stattlich du bist", schwärmte Isa, und Ewin ergänzte: „Gib uns von deiner Schönheit und behalte den Rest."

Da wurde Alid zornig, stampfte mit den Hufen und schnaubte und fauchte furchterregend. Sofort erlosch das Feuer. „Ohne Licht lässt sich Schönheit nicht erkennen. Treue und Redlichkeit könnt ihr auch im Dunkeln erfahren", rief er. Ewin und Isa schimpften, doch Alid erhob sich auf die Hinterbeine und ließ einen kräftigen Wind fahren. Das Einhorn war trotz seiner Tugenden von ungezügelter Wildheit. Da es keine Eltern hatte, war es auch nicht erzogen worden.

Vielleicht muss ich erst Mogins Weissagung erfüllen, dachte Alid und rannte umher, um eine Jungfrau zu finden. Auf einer Wiese sitzend entdeckte er Anda. Ungestüm lief er auf sie zu und rammte sein Horn in ihren Schoß. Die arme Anda schrie entsetzt auf. Erschreckt stammelte Alid: „Oh, das habe ich nicht

gewollt." – „Aber getan", klagte Anda und krümmte sich vor Schmerzen. „Ich möchte doch die Menschheit retten", trug Alid kleinlaut vor. „Der Kuckuck lügt doch nicht."

Das Einhorn lief schließlich zu Börs und Bestla und klagte über seine vielen Missgeschicke. Börs zuckte mit den Schultern. Doch Bestla wusste Rat. „Alid muss lernen, sein Ungestüm zu besänftigen. Wir sollten ihm eine Frau zur Seite geben. Die wird ihn lehren, sein Temperament zu zügeln." Sofort brachen die drei auf und gingen zu Audhumbla. Die suchte einen schön glänzenden Eisbrocken aus und begann sofort, daran zu lecken. Nach kurzer Zeit trat Briga hervor, so herrlich von Gestalt, dass Börs bedauerte, kein Einhorn-Mann zu sein.

Alid umwarb Briga, und sie brachte ihm bei, rücksichtsvoll und zärtlich zu sein. Nach wenigen Wochen wurde sie schwanger. Mogin, der Kuckuck, sagte die Ankunft einer hübschen Tochter voraus.

Die Asen neideten Alid und Briga ihr Glück. Odin berief eine Versammlung aller Götter ein. „Was soll das werden?", rief er in die Runde. „Warum gibt es Geschöpfe, welche die Dinge nicht nehmen wollen, wie sie sind? Warum möchte Fenrir alles zerstören und neu machen und warum Alid das Bestehende verbessern? Fenrir haben wir gefesselt. Wir sollten Alid und Briga töten, bevor sie Kinder in die Welt setzen. Mich graust bei der Vorstellung, dass bald noch mehr von diesen Moralisten umherlaufen."

Als die Asen jedoch Alid und Briga auflauerten, traten Börs und Bestla dazwischen. Sie verboten ihnen, den Einhörnern ein Leid anzutun.

„Dann sorgt wenigstens dafür, dass sie und ihre Nachkommen nicht sehr fruchtbar sein werden", stöhnte Odin. „Insgesamt zehn, höchstens zwölf Neugeburten für alle Einhörner im Jahr, das sollte ausreichen. Mehr Tugend kann die Welt nicht verkraften."

Börs und Bestla ließen sich von ihrem Ältesten überreden. So kam es, dass die Menschen sich fleißig, die Einhörner dagegen nur spärlich vermehrten. Die Zahl der Menschen wuchs. Sie wurden immer dreister und anmaßender. Einhörner dagegen blieben selten und scheu.

Wie sollen die wenigen die von Mogin geweissagte Jungfrau finden? Wenn es einmal dazu kommt, wird es eine zufällige Begegnung sein.

Pegasos

Der Gott, den die alten Griechen am meisten liebten, hieß Apoll. Er war der Sohn des Zeus und der Leto. Schönheit und edle Gestalt zeichneten ihn aus. Im Götterhimmel war er zuständig für Weisheit und Kunst.

Voller Schwächen waren die antiken Götter. Darin unterschieden sie sich nicht von den Menschen. So blieb nicht aus, dass sie gelegentlich unter ihren eigenen Fehlern zu leiden hatten und unzufrieden waren mit sich und dem Lauf der Welt.

Da sagte Gottvater Zeus eines Tages zu Apoll: „Du bist der Edelste unter uns. Mach dir Gedanken darüber, wie wir ein wenig mehr Tugendhaftigkeit auf die Erde bringen können. Göttern wie Menschen fehlt's daran. Wenn aber alle böse und durchtrieben sind, wird am Ende der schlimmste Gauner als Sieger allein übrig bleiben."

An einem schönen Frühlingstag wanderte Apoll durch Arkadien. Als er zur Helatonquelle gelangte, ließ er sich in der Nähe nieder, lehnte sich mit dem Rücken an einen tausend Jahre alten Olivenbaum und fiel in Schlaf.

Im Traum sah er, wie eine Nymphe der Quelle entstieg. Menschen kamen, bildeten einen Kreis um sie, fassten sich an den Händen, sangen, tanzten und waren guter Dinge. Ein Knabe in weißem Gewand trat hinzu und spielte auf einer Panflöte. Doch plötzlich brach ein Unwetter über sie herein. Poseidon, der Gott des Meeres, sandte Blitze auf die Feiernden herab und ließ es regnen.

„Lass das, du Eifersüchtiger", schrie Apoll empört. Er wollte eingreifen, doch im selben Augenblick erwachte er. Vor sich sah er keine Nymphe, aber Kiomene, die bildschöne Tochter des Königs Alamos von Arkadien. Sie kniete an der Quelle, hatte einen Krug mit Wasser gefüllt und wusch nun ihr blaues Stirnband in dem sprudelnden Wasser. Apoll war sofort gefangen von ihrer Schönheit und dachte: Wer so aussieht, muss auch einen edlen Charakter haben.

„Ich bin der Gott Apoll", stellte er sich vor. Weder erschrak, noch wunderte sich die junge Frau darüber. Die Menschen der Antike waren daran gewöhnt, dass sich die Götter unter ihnen bewegten.

„Lass uns etwas schaffen, was vollkommen ist: schön, rein, gewandt, geschwind und tugendhaft", fuhr Apoll fort.

„Wie sollte so ein Wesen aussehen?", fragte Kiomene unbefangen und neugierig.

„Wenn du die Liebe, die in mir brennt, erwidern würdest, könnten wir ein Kind bekommen, so schön wie du und mit meinen göttlichen Eigenschaften", erklärte Apoll voller Erwartung.

„Dein Vater Zeus hat sich mit vielen Menschenfrauen eingelassen. Es ist mir nicht bekannt, dass dabei etwas Gescheites herausgekommen wäre. Wenn nicht einmal ihr Götter vollkommen seid, wie sollen Halbgötter es sein können? Du musst ein völlig neues Wesen schaffen, göttergleich, aber auch mitfühlend, wie edle Menschen es sind."

„Was immer du dir vorstellst, ich werde es möglich machen."

„Am liebsten wäre mir ein Pferd."

„Es wird heißen: Es ist ein Tier wie jedes andere."

„Dann lass ihm ein edles Horn wachsen."

„Die Menschen werden es einfangen und für den Kampf ausbilden."

„Statte es mit Flügeln aus. Es soll sich durch die Luft bewegen können wie ein Vogel."

„Man wird mit Pfeilen nach ihm schießen."

„Es soll göttlich sein und unsterblich."

„Eifersüchtige Götter werden ihm auflauern."

„Gestalte es so, dass es sich unsichtbar machen kann."

Kiomene sah Apoll erwartungsvoll an. Der verliebte Gott gab sich geschlagen.

Plötzlich hörten sie ein gewaltiges Rauschen, und aus der Quelle sprang ein Pferd hervor, schöner als beide sich je eines hätten vorstellen können. Es hatte Flügel, ein Horn und eine goldene Mähne. „Pegasos", rief Apoll verblüfft, was so viel wie „Geschöpf aus der Quelle" bedeutet.

Selbst der verwöhnte Gott war gefangen von der strahlenden Erscheinung des geflügelten Pferdes. Als er sah, wie verzückt Kiomene die rassige Eleganz des Tieres bestaunte, wurde er jedoch neidisch und eifersüchtig. Schon bereute er, es geschaffen zu haben.

Pegasos wollte die Missgunst des Gottes nicht weiter anstacheln und machte sich unsichtbar. Apoll aber sagte zu Kiomene: „Ich habe deine Wünsche erfüllt. Nun will ich dich zum Lohn."

Er wollte die Prinzessin festhalten, doch sie entwand sich ihm, tastete nach dem Einhorn und schwang sich auf dessen Rücken. Im selben Moment war auch sie nicht mehr zu sehen.

Apoll fluchte und drohte: „Ich werde euch verfolgen, wohin immer ihr auch entfliehen solltet. Dann werde ich Pegasos an einen Felsen ketten und ihn der sengenden Sonne aussetzen. Dort wird er verdorren und verbrennen. Kein Tod kann ihn dabei erlösen. Als göttergleiches Wesen wird ihm seine Unsterblichkeit zur Qual werden."

Doch Pegasos flog mit Kiomene davon und umkreiste die Erde. Wann immer sie sich irgendwo zeigten, wurden sie bestaunt und mit Fragen bedrängt. Bei Menschen und Göttern warben sie um Vertrauen und Solidarität. Aus Angst vor den Nachstellungen Apolls wagten sie es jedoch nicht, lange sichtbar zu bleiben.

Noch heute kann man ihnen unerwartet an Quellen, in Waldlichtungen, an einsamen Meeresbuchten und auf Bergeshöhen begegnen. Dann scherzen sie freundlich, und Pegasos lässt sich auch gerne streicheln oder ins Gespräch verwickeln.

Wenn irgendwo Menschen in guter Absicht zusammentreffen, gesellen die beiden sich hinzu. Sie sind dann ganz leise und freuen sich, wenn die Beteiligten sich friedlich beraten, verständigen oder aussöhnen.

Immer muss Pegasos befürchten, von bösen Menschen erkannt und verraten zu werden. Mehr noch als die Furcht vor dem Zorn des Gottes bewegt ihn aber die Sorge, dass seine schöne Prinzessin, da sie nur ein Mensch ist, eines Tages sterben könnte.

U lame nu

Lange ist's her, dass in den Elbauen Einhörner anzutreffen waren. Das Gebiet an der Elbe war damals dünn besiedelt. Es gehörte den Wenden, einem Slawenvolk. Eines Tages, als niemand es erwartet hatte, war Albrecht, ein Lehnsmann König Ottos, mit hundert Gefolgsleuten in das Land eingefallen und hatte es besetzt. Er nannte sich von da an Elbgraf.

Die Slawen hatten sich kaum zur Wehr gesetzt. Als wenn nichts geschehen wäre, schalteten und walteten sie weiter in ihren Dörfern und Siedlungen. Das kleine Heer des Elbgrafen hätte auch nicht ausgereicht, um sie alle zu vertreiben. So lebten Slawen und Deutsche friedlich neben- und zwischeneinander, und auch für die scheuen Einhörner war hinreichend Platz geblieben.

Wie schon oft kam Feena, eine hübsche junge Einhorndame, zur Elbe, um dort zu trinken. Nachdem sie das frische, klare Wasser gekostet hatte, blickte sie auf zum gegenüberliegenden Ufer. Dort stand ebenfalls ein Einhorn. Es war Abor, ein stattlicher Bursche. Er schien Feena schon längere Zeit beobachtet zu haben. Als er sah, dass auch sie ihn bemerkt hatte, wieherte er vernehmlich, drehte sich zur Seite, stellte sich auf die Hinterbeine und boxte mit den vorderen in die Luft, so, als ob dort ein ungebetener Rivale aufgetaucht wäre.

Wiederum wieherte er und ließ sich auf die Vorderbeine fallen, um mit den hinteren einen imaginären Feind abzuwehren. Dann stob Abor davon. Nach wenigen Metern aber drehte er sich mit einem gewaltigen Schwung um, rannte zurück zum

Ufer, um dort abermals zu wenden und immer neue Kreise zu ziehen und Kapriolen zu schlagen.

„Wichtigtuer!", entfuhr es Feena. Sie zuckte mit den Schultern und wollte damit andeuten, dass sie in ihrem Leben schon viel Aufregenderes gesehen habe als einen herumtobenden Einhornknaben. Schließlich war sie nur zur Elbe gekommen, um ihren Durst zu stillen, nicht um nach anderen Einhörnern Ausschau zu halten. Also lief sie, ohne Abor weiter zu beachten, zurück in den Wald.

Am Abend überkam sie dann abermals das Bedürfnis zu trinken. Bevor die Sonne unterging, wollte Feena sich an gewohnter Stelle an dem klaren Elbwasser erfrischen. Auch Abor stand wieder am gegenüberliegenden Ufer. Diesmal vollführte er keine Kapriolen, sondern schien eher gelangweilt. In Ruhe löschte er seinen Durst und ließ keinerlei Interesse daran erkennen, was um ihn herum vor sich ging.

Feena war's recht so. Schließlich war sie nur des frischen Wassers wegen zur Elbe gekommen. Oft schon hatte sie beklagt, deswegen ihren geliebten Wald verlassen zu müssen. Sie wollte allerdings auch nicht leugnen, dass in den Flussauen manches wohlschmeckende Kraut wuchs, das anderswo nicht anzutreffen war. Es lohnte sich deshalb, danach zu suchen und noch ein wenig in der Nähe des Ufers zu verweilen, nachdem der erste Durst gelöscht war. Auf der anderen Seite des Flusses empfand man das offenbar nicht viel anders. Deshalb ergab es sich, dass sie in den folgenden Tagen immer wieder um dieselbe Zeit an die beiden Ufer der Elbe kamen mit nichts anderem im Sinn, als zu trinken und nach frischen Kräutern zu suchen.

Doch eines Tages geschah es, dass Feena zu ihrer Tränke kam und, so sehr sie auch mit ihren kristallbraunen Augen das gegenüberliegende Ufer absuchte, nirgendwo ein anderes Einhorn entdecken konnte. Da wurde ihr deutlich, dass sie den Anblick Abors vermisste. Sie fühlte ihr Herz enger werden, und sie machte sich Sorgen um den stolzen Einhornjungen.

„Du suchst mich?", hörte sie plötzlich eine Stimme hinter sich. Sie fühlte sich ertappt und sah ein, dass es nun keinen Zweck mehr hatte, ihr Interesse an dem männlichen Artgenossen zu leugnen.

„Wie bist du hierher gekommen?", fragte sie.

„Nicht weit von hier gibt es eine Furt. Man kann sie an den Stromschnellen erkennen."

„Und warum bist du hier?"

„Um zu kosten, ob das Wasser dort, wo du trinkst, anders schmeckt als auf meiner Seite."

„Probier mal", lud sie ihn ein.

Er tat's und wiegte dann abwägend den Kopf. „Nicht übel. Aber früher hat Wasser allgemein besser geschmeckt." Abor sah Feena in die Augen. „Ich werde nochmals trinken", erklärte er, und als er wieder vor ihr stand, versicherte er ihr, nie in seinem Leben köstlicheres Wasser genossen zu haben.

„Du lügst!", erwiderte sie in herausforderndem Ton. Dann lief sie davon, schlug Haken und machte Bocksprünge. Er folgte ihr, versuchte sie einzuholen. Feena wurde immer schneller. Die beiden zogen immer weitere Kreise, so lange bis sie ganz erschöpft waren. Als sie zurück zum Fluss trabten, um sich zu erfrischen, kam es ihnen vor, als ob sie sich schon immer gekannt hätten. Das Elbufer war der Mittelpunkt der Welt und sie die wichtigsten Wesen darin.

Kaum ließen sie sich aus den Augen, tranken, fraßen, tanzten, spielten, balgten sich. Sie redeten miteinander in der Einhornsprache. Als Mensch muss man sehr genau hinhören, um diese zu verstehen. „U, un, ul, ub, us, um, ud, uk", deklamierten sie. Es bedeutet: „ich, du, er, sie, es, wir, ihr, sie".

Dann sagte er zu ihr: „U lame nu." – Ich liebe dich. Es ist der schönste Satz, auch in der Sprache der Einhörner. „Unsere Liebe wird ewig sein", waren sie sich sicher. Ihre Herzen schlugen füreinander. Immer inniger verbanden sie sich, und eines Tages reckten sich ihre beiden Hörner gemeinsam gegen den Abendhimmel.

Auch Einhörner tratschen gerne. So wussten bald alle, die es interessierte, von der neuen und großen Liebe zwischen Abor und Feena. Doch es entstand ihnen auch ein Neider.

Er hieß Gerolf von Ameleben und war Aufseher des Elbgrafen. Gerolf war sehr stolz auf sein Amt und den Rang, den er bei seinem Herrn innehatte. Täglich ritt er von Ort zu Ort, immer darauf bedacht, irgendwelche Umtriebe oder Geheimnisse zu entdecken, die es dem Grafen zu berichten lohnte.

Eines Morgens beobachtete Gerolf Abor und Feena beim Liebesspiel in den Elbauen. Lange sah er ihnen zu. „Warum sind diese beiden Einhörner so schön, so geschmeidig und so verliebt?", fragte er missmutig gegen den Himmel gewandt. Liebesglück war ihm stets versagt geblieben. Giftiger Neid erfasste ihn. In krankhafter Eifersucht beschloss er, dem jungen Paar dessen Glück zu vergällen.

Als Abor und Feena wenig später wieder an der von ihnen bevorzugten Stelle am Elbufer trinken wollten, schmeckte das Wasser dort faulig und bitter. Nicht weit oberhalb des Flusses hatte Gerolf den von Maden durchwühlten Kadaver einer Kuh abgelegt. Die beiden Einhörner schüttelten sich vor Ekel und trabten schnell davon. Sie konnten nicht wissen, wie und in welcher Absicht der Moder in die Elbe gelangt war. Leider war es nicht die letzte Schikane, die der Aufseher des Elbgrafen sich ausdachte.

In den Tagen darauf erzählte Gerolf jedem, dem er begegnete, er habe zwei Einhörner angetroffen, die von sich behaupteten, die schönsten Wesen auf der ganzen Welt zu sein. Damit wollte er Missgunst gegen Abor und Feena wecken. Das gelang ihm bald schon bei den Wildschweinen Herro und Tamin. Beide waren schwergewichtige Eber. Im Wald sprach man viel über sie wegen ihrer ständigen Gewalttätigkeiten.

„Abor ist ein Angeber", rief Herro. „Ich werde ihm auflauern und ihn so rempeln, dass er sich alle Knochen bricht. Dann wird Feena sehen, was von seiner Schönheit bleibt. Wenn jemand gut aussieht in diesen Wäldern, bin allein ich es." Herro prustete und schnaubte vor Selbstbewusstsein.

Ehe er sich jedoch auf den Weg machen konnte, wurde ihm selbst plötzlich von der Seite her zugesetzt. Es war Tamin, der ihn da voller Eifersucht anging. Es kam zu einem heftigen Kampf mit schlimmen Verletzungen. Am Schluss hatten die Streithähne vergessen, weshalb sie aneinander geraten waren. Schöner waren beide danach nicht geworden.

Abors Vater aber hatte von den Gerüchten gehört, die Gerolf in die Welt gesetzt hatte. Er rief die beiden zu sich und warnte sie vor dem Aufseher. „Er hat die Macht, euch zu schaden. Wenn es stimmt, was er sagt, werden viele neidisch auf euch werden. Bleibt bescheiden. Als ich Abors Mutter kennen lernte, waren wir auch der Meinung, die Welt sei nur für uns und unsere Liebe erschaffen worden. Auch auf uns waren viele neidisch. Anstatt sich selbst ihr Glück zu suchen, haben sie uns das unsere missgönnt. Man tut gut daran, sein Glück still zu genießen."

Abor und Feena versprachen, die Mahnung zu beherzigen. Doch Gerolf hörte nicht auf, sie zu verleumden. Es war Hochsommer und sehr trocken. Die Weiden waren zum Teil verdorrt, die Bäume ließen ihre Blätter hängen. Als das junge Paar in den Elbauen nach frischem Grün suchte, war es plötzlich überall von Feuer umgeben. Nur mit äußerstem Mut und Überlebenswillen gelang es den beiden, im nahen Fluss Zuflucht zu finden. „Das war Gerolf", beharrte Abor, und so wurde auch im Wald getuschelt. Wer jemanden bedroht oder verfolgt, muss damit rechnen, dass ihm alles Böse zugeschrieben wird.

„Ich kann so nicht weiterleben, lass uns weggehen, irgendwohin."

„Wo liegt der Ort ‚Irgendwohin'?", fragte Feena verzweifelt. „Warum soll immer das Schlechte sich durchsetzen? Ich will hier bleiben. Wir müssen uns wehren."

Er sah sie an und war stolz auf sie. „Ja, weglaufen wäre falsch. Warum sollten wir nachgeben? Das Recht ist mit uns. Wir werden kämpfen!"

Als sie wenig später davon hörten, dass Gerolf eine Prämie für ihre Hörner ausgesetzt habe, wurde ihnen deutlich, in welch großer Gefahr sie sich befanden. Sie verbargen sich, lebten in Angst und Schrecken. Leute wie Gerolf sind schuld daran, dass wir so selten ein Einhorn zu Gesicht bekommen.

Kurze Zeit danach machte es überall die Runde, dass König Otto an die Elbe gekommen war und dort Hof hielt. Er ist unsere größte Hoffnung, sagten sich Abor und Feena. Bei Dunkelheit schlichen sie sich zu der Wiese, auf der die Hofgesellschaft ihre Zelte aufgeschlagen hatte. Als sie im Morgengrauen vor den Wachtposten auftauchten, waren die so überrascht, dass sie ihnen den Weg ins Innere des Lagers freigaben.

Die Wachen hatten zwar schon manches über Einhörner erzählen hören, aber es nie so recht geglaubt. Nun waren tatsächlich welche unter ihnen. Mannschaften und König bestaunten die ankommenden Tiere. Die beiden aber machten schnell deutlich, dass sie ein wichtiges Anliegen vorzubringen hatten.

Otto hörte sich ihre Klagen an, dann erwiderte er: „Ich werde Gerolf zu diesen Vorwürfen anhören. Vorher kann ich kein Urteil abgeben. Eines aber sage ich schon jetzt: Ich will, dass in meinem Reich auch Platz ist für Tiere wie euch. Schon in Bilderbüchern habe ich eure Gestalt und Anmut bewundert. Wenn es stimmt, dass ihr für Treue und Zuverlässigkeit einsteht, seid ihr mir doppelt willkommen.“

Otto wäre kein König gewesen, wenn er nicht auch einen Plan mit den beiden Besuchern verbunden hätte. „Als Kinder meines Volks werdet ihr mir einen Dienst nicht versagen. Kurz bevor ihr hier eingetroffen seid, habe ich eine Nachricht vom König der Polen bekommen. Er braucht eiligst meine Antwort. Keiner meiner Ritter wäre schnell genug, sie ihm zu überbringen. Abor ist jung, gewandt und gelenkig. Ich werde ihm mein Antwortschreiben aufs Horn spießen lassen, und er wird es so schnell wie möglich dem Polenherrscher überbringen. Feena bleibt so lange hier. Sie wird mir noch mehr über Einhörner erzählen. Wenn Abor seinen Auftrag ausgeführt hat und wieder zurückkommt, werde ich beide unter meinen Schutz stellen.“

Abor verstand nicht, warum er sich sein naturgegebenes Lebensrecht mit einer Dienstleistung erkaufen sollte. Doch ließ er sich seine Gedanken nicht anmerken. Auf Befehl des Königs brach er auf in ein ihm unbekanntes Land. Er vertraute auf Gott und seine Liebe zu Feena.

Es war eine lange Wegstrecke bis zum König der Polen. Viele Tage und Nächte war Abor unterwegs. Eines Abends stand er an einem Strom, der ihn an die Elbe erinnerte. Nicht weit weg, auf der anderen Seite des Flusses, der heute Oder heißt, würde der Polenkönig auf seine Antwort warten, hatte man ihm gesagt.

Abor jagte am Ufer entlang in der Hoffnung, irgendwo eine Furt zu entdecken. Die Suche war vergeblich. Da dachte er voller Liebe an Feena und stürzte sich in den ihm unbekannten Fluss, um zum anderen Ufer zu schwimmen. Vom langen Laufen war er entkräftet. Allein die Liebe zu Feena ließ ihn das kaum zu Bewältigende durchhalten.

Als Abor völlig erschöpft im Lager des polnischen Königs eintraf, wurde er auch dort bestaunt und von allen Seiten umringt. Der König nahm die Botschaft Ottos an sich. Aus dem Verhalten des Polen schloss Abor, dass die Nachricht sehr wichtig war. Man gab Abor zu essen und zu trinken und führte ihn durch ein Gatter in ein umzäuntes Wiesengelände. Es beunruhigte ihn, dass er darin eingesperrt wurde. Drei Tage wartete er vergeblich, dass man ihn mit einer Antwort zu Otto zurückschicken werde.

Doch in dem Schreiben, das der Polenkönig sich von seinem Kanzler vorlesen ließ, war davon nicht die Rede. Wie sein polnischer Amtsbruder und fast alle Könige des Mittelalters war Otto nicht in der Lage, selbst zu schreiben und zu lesen. Das besorgten für ihn kundige Hofbeamte. Den Brief an den polnischen König hatte für ihn ein Lakai verfasst, der ein enger Vertrauter des Gerolf von Ameleben war. Eigenmächtig hatte er das Ende des ihm von Otto diktierten Textes verändert. Dementsprechend wurde dem Polenkönig vorgelesen, dass er einen Reiter als Boten zu Otto senden solle. Das Einhorn möge er als

Geschenk betrachten. Sein Fleisch sei von himmlischem Geschmack, und die in seinem Horn enthaltene Substanz verleihe ungeahnte Manneskräfte.

Deshalb hatte der Polenkönig Abor einsperren lassen. Die Zeit verging, doch das Gatter wurde nicht geöffnet. Mutlosigkeit und grenzenlose Verzweiflung überfielen Abor. Eines Morgens erschien ein blutverschmierter Metzger aus dem Tross des Königs vor ihm und betrachtete ihn abschätzend. Da wurde Abor klar, was man mit ihm vorhatte. Er gab sich auf und wünschte sich nur noch, dass Feena weiterleben und glücklich sein werde. In Gedanken sandte er ihr Liebesbotschaften. Jedes denkbare Opfer hätte er für sie erbracht. Doch der Tod, der ihn hier im Lager erwartete, war ohne Sinn. Plötzlich überfiel ihn die Sorge, dass König Otto Feena ein Leid antun könnte, wenn er, Abor, nicht zurückkehren würde.

Von Stunde zu Stunde bedrückender wurde seine Verzweiflung. Unentwegt schritt er die Umzäunung ab, um nach einem Schlupfloch zu suchen. Er fand keinen Ausweg. Dennoch entschloss er sich, immer wieder und so lange weiter Ausschau zu halten, bis der Schlachter ihm weitere Bemühungen unmöglich machen würde. Abor hatte mit angehört, dass dieser am folgenden Tag kommen und ihn töten sollte.

Zärtlich dachte er an Feena. Er würde sie lieben bis zu seinem letzten Herzschlag. Solange er lebte, war sie seine größte Not und sein einziges Glück. Monoton setzte er seine Umrundungen des Geheges fort, ohne daran zu glauben, dass er noch eine Öffnung im Zaun finden werde. Plötzlich, um Mitternacht, schien es ihm wie eine Wahnvorstellung, doch hatte er sich nicht geirrt: Im fahlen Licht des Mondscheins konnte er erkennen, dass das Gatter zu seiner Einfriedung offen stand. Eine mitleidige Seele aus dem Gefolge des Königs hatte ihm heimlich das Tor geöffnet.

Ich muss den Ausbruch wagen, entschied sich Abor unvermittelt. Tatsächlich gelang es ihm, das Lager zu verlassen und zu einem entfernten Waldstück zu laufen. Dort versteckte er sich zwei Tage lang; dann glaubte er, genug Kraft für die lange Rückreise zu haben. Er machte sich auf zu Feena und Otto.

Der wollte zunächst nicht glauben, was Abor ihm erzählte. Doch zwei Tage später traf auch der berittene Bote des Polenkönigs ein und bestätigte Abors Berichte.

Sofort ließ Otto seinen untreuen Schreiber vorführen und nach Gerolf von Ameleben fahnden. Zu den beiden Einhörnern sagte er: „Ich habe Feena sehr lieb gewonnen. Deshalb hatte ich die Absicht, euch beide zu verpflichten, in meinem Tross zu bleiben. Aufgaben hätte ich genug für euch. Nicht jeder König hat schließlich Einhörner in seinem Gefolge. Nachdem Abor nun aber meinetwegen so viel Angst und Leid durchstehen musste, will ich es euch freistellen, ob ihr in meine Dienste treten und am Königshof ein sorgloses Leben führen oder frei sein und in die Wildnis zurückkehren wollt."

Feena und Abor sahen sich in die Augen und hatten den gleichen Gedanken.

„Einhörner taugen nicht zu königlichen Beamten", erklärte Feena. „Nur in der Freiheit können sie sich entfalten."

„Weil die Menschen Angst haben um den Weiterbestand einer Liebe, lassen sie diese in ihren Sagen und Mären oft mit dem Tod oder auf einem Schloss enden", ergänzte Abor. „Wir Einhörner aber sind treu und machen uns keine Sorgen um die Zukunft unserer Liebe. Vor dem Tod hat mich eine gütige Seele bewahrt, und in einem Schloss würde ich mich immer als Gefangener fühlen. Gib uns also frei und biete uns Schutz vor Nachstellungen deiner Getreuen, so wie du's uns versprochen hast."

„Wenn ich könnte, würde ich mit euch gehen", gestand der König ein. „Doch habe ich Verpflichtungen, und ihr wollt sicher nicht jetzt schon zu dritt sein." Traurig entließ er die beiden Tiere.

So dicht wie möglich liefen Abor und Feena nebeneinander her. Ihr Ziel waren die Elbauen, da wo jeder Winkel ihnen vertraut war. Hier ließ sich vielleicht auch das Leid der vergangenen Tage abschütteln. Als sie eintrafen, war es Nacht geworden.

Die Sonne war längst am Horizont verschwunden. Doch als sie früh morgens vorsichtig wieder hinter den Wäldern hervorlugte, wurde sie verschwiegene Zeugin einer großen Liebe.

Enion, das Einhorn

Direkt hinter dem Auenwald lag das riesige Anwesen des reichen Unternehmers Benno. Der hatte eine Tochter, die Carola hieß und die er abgöttisch liebte. Zu ihrem zwölften Geburtstag hatte Carola sich ein Pony von ihm gewünscht. Benno kannte sein verwöhntes Kind. Wenn sie Pony sagte, meinte sie das schönste, das man nur bekommen konnte.

Also schickte er mehrere Diener los. Überall in Europa und der ganzen Welt sollten sie nach hübschen Ponys Ausschau halten. Es war noch in der Zeit, bevor die Fotografie erfunden worden war. Deshalb gab Benno jedem Diener auch einen Maler als Begleiter mit auf den Weg. Sobald ein Diener glaubte, ein herausragend schönes Pony entdeckt zu haben, ließ er ein Bild davon malen und an Benno schicken. Doch was der auch immer seiner Tochter an Abbildern vorlegte, nie war sie zufrieden. Immer behauptete sie, ein Mädchen zu kennen, das ein noch viel schöneres Pony ritt.

Da wurde Benno erst traurig, dann verzweifelt und schließlich wütend. Im Zorn verließ er sein Haus und machte sich auf zur Jagd in den Auenwald. Nach einiger Zeit stieß er auf eine Lichtung und wollte zunächst nicht glauben, was er dort sah. Da graste ein Pony, schöner als er es sich je hätte vorstellen können, mit einem Fell, das in goldenen Farben leuchtete.

In höchster Erregung überlegte er, wie er das Tier einfangen und zu Carola bringen könnte. Schießen durfte er ja nicht. Ein totes oder verletztes Pony hätte seiner Tochter keine Freude bereitet. So warf er sein Gewehr von sich. Er ging vorsichtig auf das Tier zu und rief flehentlich: „Bitte bleib stehen, ich werde dir ewig dankbar sein!“ Das Pony lief nicht weg. Verdutzt schaute es auf und fragte: „Wer bist du?“

Benno war so aufgeregt, dass er sich zunächst nicht darüber wunderte, das Pony reden zu hören. Hastig berichtete er ihm von seinem Anliegen.

„Unsere Erfahrungen mit den Menschen sind sehr schlecht“, antwortete das Tier. „Sie sind oft verlogen, unzuverlässig, überheblich und grob. Deshalb haben meine Freunde und ich uns in diesen Wald zurückgezogen. Nur selten verlassen wir ihn. Aber ich habe mir Gedanken darüber gemacht. Wir und die Menschen leben auf derselben Erde. Deshalb macht es keinen Sinn, wenn wir uns aus dem Weg gehen. Also begleite ich dich zu deiner Tochter. Außerdem bin ich ein wenig eitel. Ich will wissen, ob sie findet, dass ich das schönste Pony bin.“

Carola war außer sich vor Entzücken. Zärtlich streichelte und umarmte sie das Pony und rief: „Ein so schönes Tier gibt es sonst nirgendwo auf der Welt.“

Sie nannte es Enion. Glücklich schwang sie sich auf seinen Rücken und führte es ihren Freundinnen vor. Die betrachteten voller Neid das prächtige junge Tier.

Jedoch nach wenigen Wochen schon verlor Carola das Interesse an Enion. Sie hatte ihre Liebe zum Tanz entdeckt, nahm regelmäßig darin Unterricht und vernachlässigte ihr Pony. Das suchte sich deshalb eine Lücke in dem Zaun, der sein Gehege umgab. Es machte sich selbstständig, um die Gegend zu erkunden und vielleicht auf Artgenossen zu treffen.

So kam es am Vorgarten eines großen Hauses vorbei. Dort musste es mit anhören, wie ein Mann und eine Frau heftig miteinander stritten. „Dumme Kuh“, schrie der Mann. „Wieso sagt er Kuh zu ihr, wo sie doch ein Mensch ist", dachte Enion und trabte weiter. Bald traf es auf zwei Männer, die schwere Lasten schleppten. Ein dritter trieb sie an. Er war dreimal so groß und stark wie sie, ein wahrer Riese. „Warum ist es nicht so, dass der Starke die Lasten trägt? Weshalb müssen das die viel Schwächeren tun?", fragte sich Enion.

Wenig später begegnete das Pony einer Gesellschaft von Menschen, die unartikulierte Laute ausstießen, hin und her torkelten und dabei immer wieder zu Boden fielen. Als es nahe herangekommen war, versuchte einer aus der Gruppe, sich an ihm festzuhalten. Der Mann lallte: „Du … du kommst mir – *hick* – wie gerufen. Trag mich – *hick* – sofort in die nächste Kneipe." Aus tiefstem Bauch heraus ließ er einen Rülpser erklingen. Dann zog er sich an Enions rechter Flanke hoch, setzte sich auf seinen Rücken, um auf der linken Seite gleich wieder herunterzufallen. Enion schüttelte sich und lief davon. „Der Wein ist ein herrliches Getränk", sagte das Tier zu sich, „doch er besitzt keinen Verstand. Warum lassen sich Menschen von ihm berauschen und liefern sich ihm aus? Müsste es nicht so sein, dass die ach so klugen Menschen über den Wein bestimmen und nicht umgekehrt?"

Das Pony fand auf seine Fragen keine Antwort. Es lief zurück in sein Gehege, wo niemand seine Abwesenheit bemerkt hatte. Während der folgenden Nacht konnte es nicht schlafen. Es grübelte, strengte sein Gehirn an, um eine Erklärung für das Erlebte zu finden. Schließlich wurde es sehr zornig darüber. Das Blut stieg ihm in den Kopf. Es fühlte, wie dieser fast zu zerspringen drohte. Er wurde schwer und schwerer, und als Enion am frühen Morgen in einer Tränke sein Spiegelbild sah, stellte es fest, dass ihm ein stattliches Horn aus der Stirn gewachsen war.

„So sehen doch Einhörner aus", dachte Enion. Ihm wurde klar, warum es sich nie wie ein normales Pony gefühlt hatte. Es richtete sich auf, hielt sein Horn in die Höhe und rief: „Jetzt bin ich Enion das Einhorn. Nun muss ich jemanden suchen, der mich lehrt, wie man sich als Einhorn verhält."

Als am späteren Morgen einige von Bennos Bediensteten in die Nähe des Geheges kamen und Enions veränderte Erscheinung wahrnahmen, schrien sie entsetzt auf und liefen davon.

„Wenn ihr mich nicht als Einhorn akzeptieren wollt, gehe ich meine eigenen Wege", murmelte Enion. Sofort verließ das Tier sein Gehege. Es lief einen langen, staubigen Weg entlang. Dabei begegnete es einem müden, in Lumpen gekleideten Wanderer. „Ich heiße Adam", sagte dieser, „und bin auf dem Weg zu meinem alten Vater. Der hat meinen Bruder Zyprian und mich zu sich gerufen. Er will sein Erbe unter uns aufteilen, weil er fühlt, dass ihm der Tod nahe ist. Ich bin arm, schwach und hungrig. Dankbar werde ich sein für alles, was mein Vater mir hinterlässt."

Enion bot Adam an, ein Stück des Wegs auf ihm zu reiten. Das Einhorn hatte Mitleid mit dem Mann, der so aussah, als habe er vieles gewollt und als sei nichts ihm gelungen.

Als sie am Haus des Vaters anlangten, war auch schon Zyprian, Adams Bruder, dort eingetroffen. Er war ein elegant gekleideter Herr. Ganz anders als Adam strahlte er Zufriedenheit und Erfolg aus. Der Vater trat vor seine Söhne. Mit matter Stimme erklärte er: „Leider bin ich verarmt und habe euch nur zwei Dinge anzubieten. Mein Wunsch ist es, dass ihr euch darüber einigen sollt. Seht diesen wunderschönen Rubin und hier diese Rolle gepökeltes Fleisch. Das ist alles, was ich noch besitze."

Zyprian warf einen begehrlichen Blick auf den Rubin. Doch noch ehe er sich getraute, seinen Wunsch zu äußern, hatte Adam schon nach der Fleischrolle gegriffen. „Wie froh wäre ich, wenn ich die haben könnte“, sagte er. Schnell wurden sich die Brüder einig, und der Vater zog sich zurück. Adam und Zyprian umarmten sich. Beide waren glücklich, dass es nicht zum Streit zwischen ihnen gekommen war. Vergnügt setzten sie sich zusammen, und Adam begann sofort, von dem gepökelten Fleisch zu essen.

„Wenn ich ehrlich sein darf, Bruderherz“, sagte Zyprian zu Adam, „auch ich spüre plötzlich ein Hungergefühl. Ich wäre dankbar, wenn du mir ein Stück von deiner Rolle abgeben könntest.“

Adam gab ihm die Hälfte des Fleisches und erklärte schmatzend: „Jetzt musst du mir auch die Hälfte von deinem Rubin abgeben.“

Zyprian zog den Stein aus seiner Tasche, machte eine schneidende Bewegung mit der Hand und erwiderte: „Du siehst, der Rubin lässt sich nicht teilen, so gern ich das auch tun wollte.“

Adam sah das ein, und so verabschiedeten sich die Brüder bald voneinander.

Enion, das Einhorn aber, das alles mit angesehen und gehört hatte, schüttelte sein Horn. Es war ihm, als wenn es nichts mehr verstehen könnte und es drückte ihm das Herz zu. Tief traurig lief es davon und zog sich wieder in den Auenwald zurück. Dort wartet es darauf, dass ein Mensch kommt, der treu und redlich ist und ihm die Welt erklärt.

Die Einhornschule

In der Lübichter Heide lebte eine Einhornfamilie, Mutter, Vater und Tochter. Die drei waren glücklich, nur vor den Menschen fürchteten sie sich. Diese nämlich veranstalteten Jagden und hatten schon viele Rehe, Hirsche und Wildschweine getötet, mit denen die drei Einhörner in bester Freundschaft gelebt hatten.

Eines Tages hatte der Einhornvater eine Idee. Er sagte zu seiner Frau: „Lass uns uns're Tochter zu Menschen in die Lehre geben. Ich habe gehört, dass im Dorf ein Lehrer namens Hellmann leben soll. Er unterrichtet Menschenkinder, die in der normalen Schule nicht mitkommen. Sicherlich kann er auch unserer Tochter vieles beibringen, was sie in ihrem späteren Leben gebrauchen kann. Sie soll lernen, sich in dieser von Menschen beherrschten Welt zurechtzufinden."

Die Mutter nahm den Gedanken begeistert auf. So dauerte es nicht lange, und Jana, so hieß die Tochter, machte sich auf den Weg zu Herrn Hellmann.

Es war Sommer. Sie traf ihn vor seinem Haus an, unter einer Linde sitzend. Hellmann war gerade damit beschäftigt, sich auf den Unterricht der folgenden Woche vorzubereiten. Als er Jana sah, schaute er sie abschätzig an und fragte: „Was haben wir morgen für einen Tag?"

„Das weiß ich nicht", antwortete Jana, begierig, von ihm selbst die Antwort auf seine Frage zu erfahren.

„Du bist also ungebildet", stellte er fest. „Morgen ist der Geburtstag von Goethe. Das Datum solltest du dir gut merken."

„Kennst du auch meinen Geburtstag?", fragte Jana.

„Wie sollte ich?", gab er zurück.

„Dann bist auch du nur halb gebildet", meinte sie. „Du kennst Goethes Geburtstag und nicht den meinen. Für mich ist aber mein eigener Geburtstag viel wichtiger als der Goethes."

Hellmann verzog das Gesicht und dachte: „Das fängt ja gut an. Diese junge Einhorndame wird mir den Unterricht nicht leicht machen." Er sollte Recht behalten.

Hellmann hatte acht Schüler. Sieben davon waren Menschenkinder, Jana das einzige Einhorn. Vor dem gemeinsamen Abendessen faltete der Lehrer die Hände und betete laut vor: „Komm Herr und Gott und sei unser Gast ..."

„Ein schönes Gebet", dachte Jana und fügte hinzu: „Komm, Frau, große göttliche, und nimm auch du an unserem Essen teil."

Da fuhr Lehrer Hellmann sie an: „Wie kannst du es dir erlauben, eine Frau anzubeten?"

„Hast du nie von Audhumbla gehört", fragte Jana verwundert. „Sie war schon vor den Göttern und Menschen. Alid, den Stammvater der Einhörner, hat sie aus dem Eis hervorgeleckt."

Hellmann war neugierig geworden und ließ sich von Jana die ganze Geschichte von Alid und seiner Frau und deren Auftreten in der Welt erzählen.

Als das Essen serviert wurde, machte sich Jana hungrig darüber her und schlürfte und schmatzte nach Art der Einhörner. Wieder fing sie sich einen strengen Blick des Lehrers ein. „Benimm dich gesittet und iss mit Messer und Gabel", befahl er ihr. Jana versuchte es. Doch es misslang ihr. Mit halbleerem Magen musste sie ins Bett.

Einige Tage später kam ihr Vater zu Hellmann, um das vereinbarte Schulgeld zu entrichten. Er ermahnte Jana, brav

und fleißig zu sein. Doch sie beschwerte sich: „Warum bezahlst du ihn, wo er mich hungern lässt? Nicht er hat mir, ich habe ihm etwas beigebracht. Er wusste nichts über Einhörner, nichts von Audhumbla, … und …“

Der Vater bat seine Tochter, nicht den Mut zu verlieren und eine gute Schülerin zu werden.

Mit ihren Mitschülern schloss Jana bald Freundschaft. Sie waren glücklich, während der Pausen mit dem Einhorn herumzutoben und gelegentlich auf ihm reiten zu dürfen. Die Kinder sorgten ihrerseits dafür, dass Jana etwas zu essen bekam, ohne Messer und Gabel gebrauchen zu müssen.

Als Jana einmal einen ihrer neuen Freunde von weitem herankommen sah, stieß sie vor Freude einen hell tönenden Pfiff aus, so wie Einhörner das können.

„Was nimmst du dir heraus“, schimpfte Lehrer Hellmann. „Man pfeift nicht nach einem Menschen.“

Wenig später wäre Jana auf dem Weg ins Dorf beinahe in eine Grube gefallen. Arbeiter hatten einen Graben ausgehoben und bösartige Kinder die Wegsperrung davor entfernt. Auch Lehrer Hellmann wollte kurz darauf ins Dorf und nahm gedankenverloren denselben Weg wie Jana. Die junge Einhorndame sah es von weitem, eingedenk des Rüffels wagte sie es aber nicht, ihn mit einem lauten Pfiff zu warnen. Der Lehrer fiel unglücklich, und der Unterricht musste für einige Zeit ausfallen.

Wenn die Schulkinder Vokabeln lernten und nicht gestört werden wollten, lief Jana allein ins Dorf. Dort traf sie mit Gassenkindern zusammen. Das Spielen mit ihnen machte ihr unbändige Freude. Als Hellmann davon erfuhr, verbot er ihr jeden weiteren Umgang mit diesem „Gesindel“. „Das fehlt noch“, sagte er streng, „dass du deren Unsitten annimmst.“

Jana konnte jedoch nicht der Versuchung widerstehen, mit den so Verrufenen zu toben und zu reden. So tat sie es von da an heimlich.

Eines Tages hörte sie von ihren neuen Spielgefährten, dass einige Burschen den Plan gefasst hatten, dem im Dorf nicht sehr beliebten Herrn Hellmann einen Streich zu spielen. Sie wollten, während er Unterricht gab, das Gatter zu der Einfriedung öffnen, in welcher der tüchtige und sparsame Lehrer und Hausvater Schafe hielt.

Das Einhornmädchen getraute sich nicht, ihm zu berichten, was es von den Gassenkindern erfahren hatte. Die Burschen konnten ungestört ihren Plan durchführen und Hellmann verlor zwei seiner besten Schafe.

Im April machte er mit seinen Schülern einen Klassenausflug. Unterwegs brach ein Unwetter über sie herein. Alle wurden nass und schmutzig. „Sobald wir zu Hause sind, wird sich jeder umziehen, bevor wir uns im Schulraum wieder treffen", befahl der Lehrer. Die Kinder gehorchten und erschienen sauber und adrett gekleidet zum Unterricht. Nur Jana hatte ihr Fell nicht wechseln können und stand durchnässt und lehmbespritzt in ihrer Mitte.

„Warum gehorchst du mir nicht und trocknest und putzt dich nicht wie die anderen?", Hellmann warf Jana einen verächtlichen Blick zu.

Da schüttelte sich Jana, und nicht nur die Kinder, auch der Lehrer musste sich erneut waschen und die Kleider wechseln.

Am selben Tag noch verwies Hellmann die kleine Jana von der Schule. Das Einhornmädchen packte seine Sachen und trabte nach Hause. Es hatte sich eigensinnig dazu entschlossen, auf menschliche Bildung keinen weiteren Wert zu legen.

Sina und der Jäger

Als Sina spät nachts auf dem Nachhauseweg war, trat ihr der Jäger Karl entgegen. „Nach Einbruch der Dunkelheit darf niemand sich im Wald aufhalten, außer den Jagdberechtigten und den Tieren, die dort wohnen. So steht's in Paragraph sieben der Waldordnung."

„Der Wald ist groß, und ich bin auf dem Weg zu meinen Eltern. Seit ich mich erinnern kann, leben wir hier", erwiderte Sina verängstigt.

Der Jäger schüttelte den Kopf. „Warum habe ich noch nie einen von euch zu Gesicht bekommen? Paragraph acht der Waldordnung legt genau fest, wer sich hier aufhalten darf. Jemand wie du ist nicht dabei. Vielleicht bist du ja ein Pferd, eines mit 'nem Höcker am Kopf. Pferde gehören aber nicht zu den Waldbewohnern. Mach dich also davon und lauf in deinen Stall. Hier aber lass dich um diese Zeit nie wieder blicken. Sonst gilt Paragraph neun der Jagdordnung." Karl nahm sein Gewehr von der Schulter und grinste selbstgerecht. „Wenn du zu einfältig bist, den Inhalt dieses Paragraphen zu verstehen, will ich ihn gerne für dich übersetzen: bumm, bumm, bumm."

Sina überfiel grenzenlose Furcht und sie lief, so schnell sie konnte, nach Hause. Vor ihren Eltern weinte sie und brachte lange Zeit kein Wort heraus. Nachdem sie dann von ihrem Erlebnis berichtet hatte, erwiderte ihr Vater Mego sehr bestimmt: „Der Jäger Karl muss neu und unerfahren sein. Sonst wüsste er, dass wir schon lange in dieser Gegend unser Zuhause haben. Wo anders sollten sich Einhörner aufhalten als in Wald und Flur?"

Sina ließ sich ein wenig trösten. Da sie jung und voller Ideen war, hatte sie den Jäger bald aus ihren Gedanken verdrängt.

Der hatte sich inzwischen mit seinen Kameraden getroffen und ihnen von der Begegnung mit Sina erzählt. Man war einiges gewohnt in dieser Runde. Ein Einhorn aber sprengte alles bisher Dagewesene. So lachte man über Karl, feixte und spottete.

Wenig später lief Sina wieder allein durch den Wald. Eingedenk der Vorhaltungen des Jägers benutzte sie einen Weg, der ausdrücklich als Reitweg gekennzeichnet war. Karl entdeckte sie und stellte sich ihr in den Weg. „Diesmal ist's noch hell", rief ihm Sina zu. „Außerdem ist der Weg ausdrücklich für Pferde erlaubt."

„Erstens bist du kein Pferd, sondern ein Einhorn", hielt Karl ihr entgegen, „zweitens befindest du dich nicht auf einer Pferdelaufbahn, sondern einem Reitweg. Ich sehe niemanden auf dir reiten." Wieder drohte der Jäger ihr mit seinem Gewehr. Sina bangte um ihr Leben und flüchtete.

Als Karl seinen Jagdkumpanen von dem neuerlichen Zusammentreffen mit Sina berichtete, erklärten sie ihn einmütig für überspannt. Das wurmte ihn so sehr, dass er sich vornahm, Sina bei nächster Gelegenheit zu erschießen. Mit ihrem Kopf als Beweis wollte er die Spötter blamieren und alle anderen in Staunen versetzen.

Inzwischen war Sina dem alten Armin begegnet. Der war ein sehr reicher Mann. Ihm gehörte der größte Teil des Landes. Armin war eigensinnig und herrschsüchtig. Gleichzeitig war er stolz darauf, dass Einhörner in seinen Wäldern lebten. Er schätzte den Charakter der edlen Tiere und hatte bald auch Sina in sein Herz geschlossen.

„Ich werde Karl zeigen, wer hier der Herr ist", empörte sich Armin, nachdem er Sina angehört hatte. „In meinen Ländereien sind Einhörner willkommen, aber keine anmaßenden Jäger." Am Tag danach ließ er überall an den Grenzen seines Besitztums Schilder aufstellen. Darauf stand in großen Buchstaben:

Betreten nur für Einhörner erlaubt.
Verstöße werden mit dem Tode bestraft.
Der Eigentümer

Es blieb nicht aus, dass Karl und Sina wieder aufeinander stießen. Als das Einhorn den Jäger sah, stob es sofort davon. Der hob sein Gewehr und zielte auf die Fliehende. Sein Schuss traf Sina in die Hüfte und verwundete sie schwer. Sie strauchelte, doch mit letzter Kraft versuchte sie, ihrem Peiniger zu entwischen. Der folgte ihrer Blutspur. In seinem Jagdeifer übersah er, was auf den von Armin angebrachten Schildern stand.

So drang er in Armins Revier ein, immer hinter Sina her. Die brach entkräftet mitten auf einer Lichtung zusammen. Ohnmächtig blieb sie dort liegen. Karl lief heran. Einige Meter entfernt ging er dann in Stellung, um ihr den Todesschuss zu verpassen.

Ehe es dazu kam, wurde er jedoch von hinten zu Boden gedrückt. Armin und einer seiner Wildhüter legten ihm Handschellen an und führten ihn vor das Blockhaus, das dem reichen Mann als Wohnung diente, wenn er sich längere Zeit in seinen Waldungen aufhielt.

Währenddessen kümmerte sich seine Schwester Hiltrud um die Verletzte. Sie stillte das Blut, salbte und verband die Wunde. Dann verabreichte sie Sina ein stärkendes Heilmittel und benachrichtigte ihre Eltern.

Einige Tage danach lud Armin die Einhörner aus der Umgebung zu sich ein. Alle kamen gerne, denn zum ersten Mal hatte sich ein Mensch für sie stark gemacht. Er begrüßte sie, dann ließ er Karl vorführen. Unter einer großen Eiche, die vor seinem Haus stand, hielt er Gericht über ihn.

„Heute sollt ihr erleben, dass ich das meine, was ich sage", rief der Waldbesitzer in die Runde. Zornig blickte er auf den Jäger. Der fiel auf die Knie, zitterte vor Angst und jammerte um Gnade.

„Du hast Sina töten wollen und verdienst unser Erbarmen nicht", herrschte Armin ihn an.

„Sie hatte gegen die Paragraphen sieben und acht der Waldordnung verstoßen."

„Du hast viel Schlimmeres getan und dich meinen Anweisungen widersetzt", erwiderte Armin bebend vor Erregung. „Was nun mit dir geschehen wird, konntest du auf den Schildern lesen."

„Bitte lass mich leben", schluchzte Karl. Schweiß tropfte von seiner Stirn. Die Todesangst hatte sein Gesicht entstellt. Nichts war geblieben von seiner bisherigen Überheblichkeit. Armin aber ließ sich nicht erweichen. Er wies seine Wildhüter an, einen Strick zu holen und den Jäger damit aufzuknüpfen.

Da erhob sich Sina. Trotz ihrer Verwundung humpelte sie auf den Waldeigentümer zu und bat um Gnade für den Mann, der beinahe ihr Mörder geworden war. Doch Armin entgegnete ihr: „Auch du kannst mich nicht umstimmen. Nie habe ich geduldet, dass jemand sich meinen Anweisungen widersetzt. Die Warnung auf den Schildern war eindeutig. Außer mir und meinen Leuten darf kein Mensch seinen Fuß auf meinen Grund und Boden setzen. Allein Einhörner haben freien Zugang. Also wird Karl auf der Stelle hingerichtet."

Jetzt trat Mego, Sinas Vater, vor und erklärte: „Wir danken dir sehr, Armin, dass du uns schützt und nur Einhörnern erlaubst, deine Wälder zu betreten. Was aber ein Einhorn ist, können wir besser beurteilen als ein Mensch wie du. Karl ist ein Einhorn. Er wusste es bisher nur nicht. Da er aber einer der unseren ist, durfte er auch auf dein Gelände. Es besteht kein Grund, ihn aufhängen zu lassen."

Verwirrt schaute Armin erst auf Mego, dann auf den Jäger. Doch ehe er etwas sagen konnte, riefen alle anwesenden Einhörner im Chor: „Ja, Karl ist ein Einhorn, ein Einhorn ..." Voller Hoffnung stimmte der Genannte ein: „Einhorn bin ich. Immer hab ich's geahnt und gefühlt. Nur deshalb habe ich diesen Wald betreten. Ich wollte zu meinen Brüdern und Schwestern."

Der Waldbesitzer war ratlos. Keines der Einhörner wollte ihm bestätigen, dass der Jäger nichts als ein böser Mensch sei. Da er die Einhörner liebte, gab Armin schließlich nach. „Nehmt ihn mit euch und lehrt ihn, sich auch wie ein Einhorn zu benehmen."

Glücklich zog Karl mit Mego, Sina und den anderen davon. Immer wieder umarmte er Sina, nannte sie Schwester und sogar Geliebte. Er ging von einem Einhorn zum nächsten, streichelte und umarmte ein jedes von ihnen und fragte es nach seinem Namen.

Die edlen Tiere gewöhnten sich schnell an den neuen Artgenossen. In der Folgezeit benahm sich der, als ob er immer schon unter ihnen gelebt hätte. Wo er konnte, machte er sich nützlich. Vor allem warnte er vor bösen Jägern, die außerhalb von Armins Ländereien auf der Pirsch waren und viele bedrohliche Gewohnheiten hatten.

Um zu wissen, wie man sich als Einhorn zu benehmen habe, befragte er alte, erfahrene Einhörner, aber auch junge nach ihren Ansichten und ihrer Lebensweise.

Eines Tages machte er sich in die nächstgelegene Großstadt auf. Dort besuchte er alle vorhandenen Bibliotheken, um noch mehr über seine neuen Mitgeschöpfe zu erfahren. War er doch weithin das einzige Einhorn, das zu lesen verstand.

Zurück im Wald trug er seine Erkenntnisse einer erstaunt lauschenden Versammlung vor. Er erzählte von Alid, den die Urkuh Audhumbla aus dem Eis geleckt, von Pegasos und der schönen Kiomene sowie von der Prophezeiung des Kuckucks Mogin, wonach eine Zeit des Friedens auf die Erde kommen sollte, nachdem ein Einhorn einer auserwählten jungen Frau sein Horn in den Schoß gedrückt hätte.

„Wir Einhörner wurden geschaffen, um Treue, Redlichkeit und Edelmut in die Welt zu bringen“, dozierte er. „Nicht zum Essen, Trinken und Schlafen sind wir hier, sondern um eine Mission zu erfüllen. Die sollten wir unentwegt vor Augen haben.“ Die Zuhörer waren beeindruckt.

Als Karl wenig später Sina dabei beobachtete, wie sie sich faul in der Sonne räkelte, mahnte er sie, ein gutes Einhorn zu sein und sich nicht gehen zu lassen. Ihren Vater Mego wies er darauf hin, dass er nicht nur seiner Familie gegenüber Verpflichtungen habe. „Du sollst Vorbild sein für jedermann.“ Alle gemahnte er zu einem tugendhaften Leben. „Wenn wir andere überzeugen wollen, müssen wir erst einmal bei uns selbst anfangen“, verkündete er. Dann nahm er Schreibstift und Papier und begann, eine „Einhorn-Ordnung“ zu entwerfen.

Sina, die ihn dabei beobachtete, aber nicht lesen konnte, was er schrieb, reagierte bekümmert. Voller Sorge fragte sie Karl, ob die neue Ordnung auch einen Paragraphen sieben oder acht enthalte.

Es wurden einige mehr. Karl begeisterte sich für sein Konzept. Fast täglich kamen ihm neue Mahnsprüche, Appelle oder Erlasse in den Sinn. Nach ein paar Wochen war fast alles geregelt. Nun ging es nur noch darum, über die Einhaltung zu wachen. Dazu fühlte sich niemand so sehr berufen wie der Verfasser des Regelwerks selbst. Jeden Tag hielt er Vorträge und betätigte sich als unermüdlicher Sittenprediger.

Doch so sehr die neuen Lebensumstände ihn auch gefangen nahmen, es kam der Tag, an dem Karl übermächtig vom Heimweh gepackt wurde. „Ich werde jetzt zu den Menschen gehen, unter denen ich lange gelebt habe. Der Zeitpunkt ist gekommen, auch sie mit unseren Tugenden vertraut zu machen."

Die Einhörner hatten dagegen nichts einzuwenden. Sie waren froh, den Moralisten los zu werden.

In seiner alten Gemeinde wurde er mit Hallo begrüßt. Doch als er begann, seinen Freunden von „Einhorn-Tugenden" vorzuschwärmen, schüttelten fast alle den Kopf. Nur ein paar junge Damen wollten Näheres wissen. Karl war ein recht ansehnlicher Mann. Manche ließen sich von ihm überzeugen, dass unsere schlechte Welt nur durch Tugenden wie Treue, Redlichkeit und Edelmut gerettet werden könne. Als er sich dazu bekannte, selbst ein Einhorn zu sein, und seinen Zuhörerinnen von der Weissagung Mogins berichtete, wiesen die ihn jedoch unwirsch zurück.

Nur Corinna hatte er nachdenklich gestimmt. Angesichts der vielen Verbrechen, Boshaftigkeiten, Beben und Flutkatastrophen auf der Erde musste ein beherzter Schritt gewagt werden. An ihrem Nein sollte er nicht scheitern.

Es erwies sich bald, dass sie nicht die junge Frau war, an die Mogin bei seiner Prophezeiung gedacht hatte. Der Weltfriede blieb aus. Corinna wurde schwanger und sprach mit Karl darüber, wie er für das gemeinsame Kind sorgen wolle. Der entzog sich. „Ich bin ein Einhorn", erklärte er. „Als solches kann ich dich weder heiraten noch Alimente zahlen."

Der Fall kam vor Gericht. Karl wurde zu einer Strafe und zu Unterhaltszahlungen verurteilt. Beleidigt zog er sich ins Lager der Einhörner zurück. Sofort berief er eine Versammlung ein und wollte wieder mit seinen Vorträgen beginnen. Doch alle lachten ihn aus, keiner wollte ihm mehr zuhören.

„Sicherlich haben wir dich in unserer Mitte aufgenommen", riefen sie. „Du aber bist das einzige Einhorn auf der Welt, das jemals durch ein Gericht verurteilt wurde. Wenn du unbedingt willst, kannst du bei uns bleiben, doch belehren lassen wir uns von dir nicht mehr."

Hornräuber

Einesteils gibt es Menschen, welche die Existenz von Einhörnern für einen Aberglauben halten. Andernteils sind viele der Meinung, dass das zerriebene Horn von Einhörnern ungestüme Kraft und Ausdauer verleiht.

Davon war auch die Bande des hässlichen Arno überzeugt. Um schnell und leicht viel Geld zu verdienen, lauerten sie Einhörnern auf und töteten sie. Mit dem Verkauf eines Kilos Hornmehl, so hieß es, konnte man auf dem schwarzen Markt ein kleines Vermögen verdienen. Deshalb reisten Arno und seine Bande um die halbe Welt und fragten nach, ob irgendwo Einhörner gesehen worden seien. Wenn dies der Fall war, begannen sie eine wilde Jagd und stellten Hunderte von Fallen auf. Nur selten war es ein Einhorn, das sich in solch einer Falle verfing. Das jedoch störte Arno nicht. Hässlich war er von seinem Charakter her, nicht von seiner körperlichen Erscheinung. Schnell hatten sich Arnos Name und seine Absichten unter den Einhörnern herumgesprochen. Die scheuen Tiere wurden noch vorsichtiger, als sie es ohnehin schon waren. Im Wadiland, wo viele von ihnen lebten, zogen sie sich in ein sumpfiges Gebiet zurück. Bis hierhin war noch nie ein Mensch vorgedrungen. Kaum dass man das Gelände betrat, versank man in Schlick und fauligem Wasser. Wer ein Boot benutzte, blieb im Morast oder in Pflanzenschlingen stecken. Nur wenige Passagen und Furten gab es, die zu Inseln oder festen Plätzen inmitten des Sumpfgeländes führten. Die aber hielten die Einhörner geheim.

Den Geiern, die regelmäßig über das gesamte Land flogen, um nach Nahrung Ausschau zu halten, blieb nicht verborgen, wo die Einhörner Zuflucht gesucht hatten. Sie verrieten ihre Entdeckung an Arno. Wenn Arno ein Einhorn gefangen und getötet hatte, interessierte ihn nur dessen Horn. Den Kadaver ließ er liegen. Die Geier wussten das zu schätzen.

Eines Tages erschien Arno mit seiner Bande in Wadiland. Sie führten zwei moderne Schlauchboote und Gewehre mit Zielfernrohren mit sich. Die Jagd war gut vorbereitet. Die Einhörner hatten allen Grund, sich zu fürchten. Ängstlich rotteten sie sich zusammen und wählten Pigran, einen erfahrenen Hengst, zu ihrem Anführer.

Tatsächlich schafften die Hornräuber es bis nahe zu der Insel, in deren urwaldähnlichem Bewuchs die Einhörner Schutz gesucht hatten. Kurz bevor sie jedoch festen Boden erreichten, blieben sie in Schilf und Schlingpflanzen hängen. Die Boote versagten plötzlich ihren Dienst. Arno fluchte laut und grässlich. Vor Ärger verzerrte sich sein Gesicht zu einer hässlichen Fratze.

Da konnte eines der Einhornfohlen nicht länger an sich halten und rief so laut, dass alle es hören konnten: „Er steckt fest. Hurra! Wir sind gerettet."

Nun wusste Arno, dass die gesuchte Beute zum Greifen nahe war. „Da sind sie", keuchte er in höchster Aufregung. „Los, verlasst die Boote, die wenigen Meter bis zum Ufer schaffen wir auch so", schrie er seinen Leuten zu.

Getrieben von der Gier nach Geld sprangen alle in das morastige Wasser. Doch dort war es weder möglich zu schwimmen noch zu gehen. Das Moor und der faulige Schlamm ließen die Hornräuber nicht mehr los und zogen sie langsam aber stetig nach unten. Einer nach dem anderen versank. Es war ein schauerlicher Anblick.

Arno war dem Ufer am nächsten gekommen. Als auch er von den unheimlichen Kräften des Sumpfes in die Tiefe gezogen wurde, vergaß er jeden Stolz und jammerte erbärmlich um Hilfe. Da trat Pigran aus seinem Versteck heraus und rief ihm zu: „Ich will versuchen, dein Leben zu retten. Vorher musst du mir aber einen Eid leisten. Gelobe bei deinem Leben und dem deiner Mutter, dass du niemals mehr einem von uns ein Leid antun wirst!"

„Bei meinem und meiner Mutter Leben und unser beider Seelen schwöre ich es", ächzte Arno in höchster Bedrängnis.

Da beugte sich Pigran so weit er nur konnte nach vorn, und Arno griff nach seinem Horn und hielt sich daran fest. So konnte im letzten Augenblick sein Leben gerettet werden. Dort, wo sich seine Begleiter zuletzt befunden hatten, drangen nur noch einige Luftblasen an die Oberfläche.

Pigran befahl dem Mann, sich die Augen zu verbinden, ließ ihn sich mehrfach im Kreise drehen und dann von zwei Einhörnern auf Umwegen über gewundene Pfade aus dem Sumpfgelände herausführen.

Arno brauchte geraume Zeit, um sich von seinem Erlebnis zu erholen. Er überlegte, ob es einen Gott gäbe, der ihn gerettet hätte. Dann fuhr er zu einer Kapelle und opferte ein paar Kerzen. Doch wenig später war er wieder wie zuvor: hässlich, habgierig, rücksichtslos.

Mindestens dreißig Einhörner glaubte er auf der Insel gesehen zu haben. Mit deren Hornmehl hätte er sich unvorstellbaren Reichtum verdienen können. Arno verfiel in wilden Zorn.

„Beim Leben meiner Mutter habe ich geschworen", dachte er. Was, wenn ich meine Mutter umbringe. Bindet der Eid mich dann noch? Schließlich fiel ihm ein, dass er auch bei seinem eigenen Leben den Schwur geleistet hatte. Sogar bei seiner und seiner Mutter Seele. Nach langem Grübeln kam er zum Entschluss, den Eid nicht zu brechen. Selbst er hatte Angst davor, dass ihn eines Tages der Teufel holte.

Dodo, mit dem er einige Jahre zusammen im Gefängnis gesessen hatte, war wie er inzwischen auf freiem Fuß und hatte keinen Anschluss ans bürgerliche Leben gefunden. Ihn suchte Arno auf und fragte ihn, ob er bereit sei, mit seiner Hilfe reich zu werden und das Vermögen eins zu eins mit ihm zu teilen. Nichts hätte Dodo lieber gehört.

„Nur ich habe geschworen, die Tiere in Ruhe zu lassen. Für dich gilt das nicht. Ich verrate dir, wo du sie finden kannst. Fange sie ein und gib mir von ihren Hörnern die Hälfte."

Schnell wurden die beiden sich einig. Schon bald bemerkten Pigran und seine Schutzbefohlenen, dass ihnen wieder aufgelauert wurde. „Dürfen wir nie in Frieden leben?", stöhnten sie verzweifelt. Pigran machte sich auf den Weg, um die Hexe Xandra um Rat zu fragen.

„Du bist eine kluge Frau", sprach er sie an. „Verrate mir, wie wir uns vor den Nachstellungen böser Menschen schützen können."

„Nicht eure Erscheinung ist es, die sie lockt", antwortete Xandra. „Es treibt sie allein der Aberglaube, in euren Hörnern stecke eine ungeheure Kraft. Jeder Schwächling bildet sich ein, damit anderen zu imponieren und Frauenherzen für sich gewinnen zu können. Dabei ist das Mehl eurer Hörner nicht einmal zum Kuchenbacken geeignet. Es besteht aus Kalk und Knorpel, sonst nichts."

Die Kristallkugel

„Kannst du das nicht auch den Menschen erklären?"

„Sie würden es nicht glauben, schon weil eine Hexe es ihnen sagte. Was sie nicht bei sich selbst finden, suchen sie anderswo. Am liebsten bei Hexen, Zauberern, Nixen oder auch bei Einhörnern. Da blüht ihre Fantasie auf. Uns können sie für alles und jedes geeignet und verantwortlich machen."

Während Xandra und Pigran noch miteinander sprachen, hatte Dodo einen ersten Erfolg. Das kleine Einhorn Enzi hatte sich verirrt und war in eine Falle geraten. Dodo hatte ihm das Horn abgesägt und es zermahlen lassen. „Das ist erst der Anfang", prahlte er gegenüber allen, die er kannte oder die er als Kunden gewinnen wollte.

Er lud sie und ihre Frauen, Freundinnen oder Gefährtinnen zu einem großen Fest. Dazu hatte er eigens für viel Geld das Schloss „Hohenfels" mit seinen mehr als zweihundert Räumen und Sälen gemietet. Niemals, so versprach er, wird es eine wildere Feier gegeben haben. Die Gäste zersprangen fast vor sich steigernden Erwartungen.

Heimlich schlich Xandra um das imposante Schloss. „Das Hornmehl ist nutzlos", murmelte sie vor sich hin. „Doch wenn so viele große Erwartungen an ihm hängen, will ich es verzaubern. Es soll ähnlich wirken, wie Dodo das versprochen hat. Nur die Richtung, in der es wirkt, will ich ein wenig verändern."

Trompetenklänge kündigten das große Ereignis an. Delikate Häppchen wurden gereicht, Weine aus besten Lagen ausgeschenkt, Witze und Frivolitäten ausgetauscht. Dann war es so weit. Dodo ließ es sich nicht nehmen, die Platte mit dem Einhornmehl persönlich herumzureichen. Er sorgte dafür, dass niemand zuviel von dem kostbaren Stoff nahm.

Auch in kleiner Dosis zeigte er durchschlagende Wirkung. So schnell wie es notwendig gewesen wäre, erreichte in dieser Nacht niemand den rettenden Ort. Das Hornmehl machte keinen Unterschied zwischen Reichen und weniger Reichen. Da, wo es sich auswirkte, waren alle ähnlich oder gleich. Die teure seidene Abendrobe wurde ebenso in Mitleidenschaft gezogen wie der gewöhnliche Straßenanzug oder das Trachtenkostüm. Eine bestimmte Garderobe hatte Dodo nicht vorgegeben. Warum auch? Die Kraft des Hornmehls sollte jede Klassen- und Kleiderordnung sprengen.

Es war geplant, einander näherzukommen. Doch plötzlich liefen nur noch schamlose Egoisten ungezügelt fluchend oder stöhnend wild durcheinander. Jeder hielt sich an das Motto: „Rette sich, wer kann." Jetzt aber ging es nicht ums Können, alle *mussten*.

Es hieß später, Möbel, Böden und Wände des Schlosses hätten unsäglich unter den Vorfällen gelitten. Für Pigrans Herde brachten sie jedoch eine längere Zeit der Erholung und des Friedens.

Die bösen Malos

Während sie nichts ahnend umherlief, wurde Ela von zwei Malos überfallen. Die Malos sahen aus wie zottige Stiere. Wie diese hatten sie zwei geschwungene Hörner und eine unbändige Kraft. Die beiden fügten Ela schlimme Verletzungen zu. Sie waren jung, voller Überschwang, und Ela hatte ihren Weg gekreuzt. Das allein war ihnen Grund genug, sie zu verprügeln.

Malos sahen sich selbst als die Herren der Wälder und Flure im Land Meruna. Wer ihnen quer kam, musste damit rechnen, von ihnen attackiert zu werden. Für Malos war das ein normales Verhalten.

Als Ela weinend zu Hause eintraf, hörte sie von anderen Einhörnern, die ähnliches erlebt hatten. Die Malos waren offenbar entschlossen, den friedliebenden Tieren das Leben zu vergällen. Man konnte sich das nur so erklären, dass sie neidisch auf deren Schönheit und Tugendhaftigkeit waren.

„Wir sollten nur noch in Gemeinschaft ausgehen und die Wege benutzen, die außer uns niemand kennt", schlug Ela vor. Doch es nutzte nichts. Die Malos bildeten Banden, und überall im Land hatten sie ihre Spitzel. So flossen Blut und Tränen bei den Einhörnern. Doch außer ihnen selbst schien es niemanden im Land Meruna zu geben, den das bekümmert hätte.

Da rief Hego, das in weitem Umkreis stärkste und gewandteste unter den Einhörnern, seine Artgenossen zusammen. „Wenn wir uns nicht gegen die Malos zur Wehr setzen, wird es uns bald nicht mehr geben. Ich habe daran gedacht auszuwandern. Doch auch in anderen Gegenden gibt es Malos oder räuberische Tiere. Für's Gebirge sind wir nicht ausgestattet, und in der Wüste würden wir verdursten und verhungern. Es bleibt kein anderer Weg: Wir müssen die Malos in ihre Schranken weisen.

Wenn einer von ihnen uns bedroht, tut er das mit seinen zwei Hörnern. Wir besitzen nur eins. Doch seine sind kürzer als unseres. Wenn wir also einen ordentlichen Anlauf nehmen, haben wir die Chance, den Angreifer so zu treffen, dass er seine Rauflust verliert."

„Ein guter Gedanke", befanden die Zuhörer. Doch lernten die Malos sehr schnell, sich bei jedem Angriff wegzudrehen. Außerdem waren sie ruppiger und viel widerstandsfähiger als die sensiblen Einhörner. Die blieben weiterhin die Unterlegenen.

Da berief Hego erneut eine Versammlung ein. „Wir müssen uns eine neue Strategie ausdenken. Habt ihr gesehen, wie Pferde sich wehren, wenn sie von Wölfen angegriffen werden? Lasst uns von ihnen lernen!"

Hego begann zu tanzen und forderte die anderen Einhörner auf, es ihm gleich zu tun. Alle hatten viel Spaß dabei. Doch keiner verstand, was Hego mit diesem Treiben bezweckte. Der aber bestand darauf, dass weiter getanzt wurde. Jeden Tag lud er zum Unterricht und Einüben neuer Tanzschritte ein. Vor allem eine Figur war ihm wichtig. Sie wurde von seinen Schülern bald als „Hego'sche Wende" bezeichnet. Auf sein Zeichen hin hatten sich dabei alle im Halbkreis zu drehen und dann blitzschnell das rechte hintere Bein zu heben. Immer wieder ließ er die Drehung wiederholen, bis alle sie perfekt beherrschten.

Dann führte er seine Freunde in die Nähe eines morschen Baumstumpfs. Er senkte den Kopf und rannte auf den Stumpf los, so, als ob er ihn mit seinem Horn aufspießen wollte. Doch kurz davor vollzog er blitzschnell die von allen „Hego'sche Wende“ genannte Kehre und versetzte dem Stubben einen kräftigen Tritt. Das morsche Holz barst und zersprang in tausend kleine Stücke.

Die Zuschauer begriffen. Sie lobten Hego wegen seines teuflischen Einfalls. Doch der ließ sich nicht durch Beifall oder Schmeicheleien ablenken. Er bestand darauf, dass auch diese Übung unentwegt von allen wiederholt wurde. „Wenn ihr angegriffen werdet, bleibt nicht viel Zeit zum Überlegen. In Notwehr muss man seine Maßnahmen eingeübt haben.“

So mühten sich alle tage-, wochen-, ja monatelang. Ela und ihre Freundinnen waren besonders eifrig. Sie wussten warum. Die übermütigen Malos suchten sich mit Vorliebe junge Einhorndamen als Opfer aus.

Eines Tages kam Anton, einer von Elas Freunden, von einem Ausflug zurück. Er erzählte, dass er unterwegs von zwei Malos angefallen worden sei. Wie von Hego gedacht, habe er ihnen mit zwei Tritten je eines auf die Nase gegeben. Lange noch habe er das Gejammer der beiden hinter sich gehört. „Die werden keinen von uns mehr behelligen“, meinte Anton selbstbewusst. Doch damit irrte er. Die Malos rotteten sich zusammen und schworen grausame Rache.

Die Bedrohung für die Einhörner wuchs von Tag zu Tag. Der kluge Hego hatte das kommen sehen. Ihm war bewusst, dass die neue Strategie zwar im Einzelkampf wirksam war, aber das Problem allein nicht lösen konnte. Die Malos waren stark an Zahl und schon dadurch den Einhörnern überlegen. Wenn sie geschlossen angriffen, waren Hego und seine Stammesgenossen verloren. Der Anführer der Einhörner machte sich große Sorgen.

Schließlich brach er auf, um nach Verbündeten zu suchen. Er hoffte, auf Adler zu treffen. Die hatten vor langer Zeit den Riesen gelobt, allen Einhörnern in Gefahren beizustehen. Doch so sehr sich Hego auch umschaute: nirgendwo bekam er einen Adler zu Gesicht.

So lief er weiter und begegnete dem Wildschwein Borsti. Wildschweine galten nach den Malos als die Ordinärsten im Wald. Doch für sein Anliegen erschienen sie Hego gerade richtig. „Borsti, bitte hilf mir“, bat er. „Die Malos wollen uns vernichten. Allein sind wir ohne Chance gegen sie.“

„Auch für uns sind die Malos eine Gefahr“, erwiderte Borsti. „Wenn sie euch verdrängt haben, werden sich ihre Angriffe irgendwann gegen uns richten. Erkläre uns deinen Plan, und wir werden zur Stelle sein.“

Hego bedankte sich überschwänglich bei Borsti. Er wusste, wie wichtig dieser erste Bundesgenosse für ihn war. Das Wildschwein setzte ein Beispiel für andere und zeigte, dass die Einhörner nicht verlassen dastanden.

Durch seinen Erfolg bei Borsti ermuntert, wagte sich Hego zu den Wölfen. Die waren den Malos zwar körperlich unterlegen, bewegten sich jedoch schneller und behänder als sie. In unbedachten Momenten konnten sie ihnen in die Waden oder Kniekehlen beißen. Die Malos gerieten dann schnell in Rage, verloren ihre Beherrschung und begingen strategische Fehler.

Hego bat die Wölfe, seinem Bündnis beizutreten. Die erkannten bei sich und den Einhörnern ähnliche Tugenden und waren einverstanden.

„Wenn die Malos uns vom Süden her angreifen, werden meine Freunde und ich uns ihnen vom Norden her entgegenstellen“, überlegte Hego. „Die Wildschweine können die west-

liche Flanke absichern, die Wölfe die östliche. Jetzt muss ich nur noch jemanden suchen, der die hintere Front bildet. Entkommen dürfen uns die Malos nicht. Andernfalls werden sie uns bei jeder Gelegenheit erneut überfallen.“

Hego suchte nach den Hirschen. Doch die hatten von seinem Vorhaben gehört und hielten sich versteckt. Wenn sie um Weiber buhlten, protzten sie mit ihren Geweihen und ihrer Kraft. Sonst aber waren sie eher feige und nur auf sich selbst bedacht.

„Wen soll ich noch ansprechen?“, überlegte Hego. Bei den Ängstlichen und Schwachen, den Rehen, Füchsen, Hasen oder Eichhörnchen, brauchte er sein Anliegen gar nicht erst vorzutragen. Die Käfer, die er umherkrabbeln sah, und die Schmetterlinge, die an ihm vorbeiflogen, bildeten erst recht keine Gefahr für die Malos. Als er die Suche schon aufgeben wollte, kam ihm eine Hornisse brummend entgegen. „Ich heiße Hedria und will dir helfen. Uns haben die Malos bisher nichts angetan. Doch wollen wir, dass Friede und Solidarität herrschen in den Feldern und Wäldern von Meruna. Wir sind freundliche Tiere wie ihr. Unseren Stachel benutzen wir nur, wenn wir bedroht werden. Dann aber zeigt er durchschlagende Wirkung.“

Erst wollte Hego ablehnen, doch schnell kam ihm der Gedanke, dass die Hornissen trotz ihrer Kleinheit nicht die schlechtesten Verbündeten seien. Sie waren schnell und nicht leicht zu erkennen. Wenn die Malos zum Kampf aufbrachen, konnten sie diesen unbemerkt folgen. Das Problem der hinteren Front war gelöst.

Hego eilte nach Hause. Er war zufrieden mit dem Netz der Koalitionen, das er gesponnen hatte. Obwohl er ein edles und friedliebendes Einhorn war, ertappte er sich bei einem unschönen Gedanken. Er schien sich erstmals auf die Auseinandersetzung mit den Malos zu freuen.

Deren Spione hatten ihnen längst berichtet, dass die Einhörner nach Bündnispartnern ausschauten. Doch sie fassten das als hilflosen Versuch auf. Die Malos überschätzten sich. Auf breiter Front griffen sie wenige Tage später die Einhörner an.

Hego stellte zufrieden fest, dass auch Wölfe und Wildschweine schnell an ihren Plätzen waren. Vor allem aber die Hornissen zeigten vollen Einsatz und ungeahnte Treffsicherheit. Wenn sie durch das zottige Fell der Malos gekrabbelt waren und ihre Stiche anbrachten, schrien diese auf und vergaßen Ehre und Einhörner.

Von hinten gestochen, von den Seiten her gezwickt und gerempelt trieben die Verbündeten die Malos in eine demütigende Niederlage. Auch die „Hego'sche Wende" zeigte grausige Wirkung. So, als hätten sie nie etwas anderes gemacht, teilten die Einhörner ihre Tritte aus. Die Malos strauchelten. Vor allem Ela und ihre Freundinnen taten sich hervor. Jetzt war die Zeit gekommen, sich an den Peinigern von einst zu rächen.

Als Rastur, der Anführer der Malos, verzweifelt um Frieden bat, hielt Hego Ela zurück. „Mach dich nicht gemein mit ihnen. Deine Rache ist ein genauso böses Motiv, wie deren Überheblichkeit es war."

Die Malos hätten einem Leid tun können, wären sie zuvor nicht so mordgierig gewesen. Hego bot ihnen einen Friedensschluss an und die Hornissen unterstützten ihn bei diesem Bemühen. Später erzählten die Malos, dass allein deren Hinterhältigkeit den Ausgang des Kampfes entschieden hätte.

Jetzt blieb ihnen keine andere Wahl. Sie willigten ein, niemanden mehr zu bedrohen oder zu behelligen. Ob man ihnen jedoch vertrauen konnte? Hego hatte so seine Bedenken. Während er noch überlegte, kam der Adler Kiran herangeflogen und zog über der Stätte des Kampfes seine Kreise. „Was ist hier geschehen?", krächzte er zu Hego hinunter. „Braucht ihr unsere Hilfe?"

Da lachten alle Einhörner. Doch Hego rief zum Himmel: „Ihr Adler überseht alles. Eure Aufgabe muss es zukünftig sein, über unser heutiges Abkommen zu wachen. Sollte je einer dagegen verstoßen, greift ihr ein und ruft die anderen herbei."

„Was die Adler aus der Luft nicht übersehen können, wollen wir von der Erde aus kontrollieren", erklärten da die Wölfe. „Uns entgeht nichts. Wir haben Spürnasen, sind geschwind und wendig. Wie die Einhörner schätzen und achten wir die Tugend der Treue." Da jubelten alle und priesen Hego und seinen Einfall, dieses Bündnis zu schließen. „Auch die Klugheit ist eine Tugend", riefen sie.

Die Adler, denen es peinlich war, die Einhörner so lange im Stich gelassen zu haben, nahmen ebenso wie die Wölfe sofort ihre neue Verpflichtung auf. Bis in die heutige Zeit sollen im Lande Elas und Hegos keine Überfälle mehr vorgekommen sein.

König Kujo

Hoch im Norden liegt das Land Domros. In seinen vielen Auen und Wäldern, an seinen Seen, Flüssen und Bächen leben viele Tiere. Immer wieder kam es zwischen ihnen zu Streitigkeiten. Wildschweine kämpften untereinander um die besten Stellen im Eichelgrund. Hirsche, Rentiere und Rehe machten sich die saftigsten Wiesen streitig. Vergeblich versuchten die Hasen die Bussarde davon zu überzeugen, dass Mäusefleisch bekömmlicher sei als ihres. Dachse und Füchse neideten sich ihre Baue.

„So kann's nicht weitergehen!", stöhnte Garro, ein wilder Eber, und verkündete: „Wir wollen Recht und Ordnung in Wald und Flur."

„Willst etwa du über uns regieren?", fragte da Peter, der Igel, voller Sorge.

„Wir brauchen einen König. Nur der Beste und der Edelste kommt dafür in Betracht. Da wir uns untereinander lange genug kennen, wissen wir, dass keiner von uns in Frage kommt. So wie ich's sehe, kann's nur ein Einhorn sein. Ich werde vorschlagen, dass wir Kujo wählen."

Davon war auch der Igel sehr angetan. Schnell machte unter allen Tieren des Waldes die Runde: Kujo soll unser König sein.

So kam es dann. Kujo wurde gewählt. Niemand hielt ihn für unwürdig. Unter allen Tieren im Land Domros war er das tugendhafteste und nebenbei auch eines der schönsten.

Kujo wollte ablehnen. Er glaubte nicht daran, so viele unterschiedliche Tiere regieren zu können. Schon unter den friedlichen Einhörnern herrschte nicht immer Eintracht.

Doch von allen Seiten redete man ihm zu. Es war jedem Tier einsichtig, dass die bisherigen Streitereien nicht weitergehen durften. Niemand aber außer Kujo wurde als Friedensstifter anerkannt. So gab der Gewählte schließlich nach und ließ sich zum König krönen.

In feierlicher Handlung traten alle Tiere vor und gelobten, von jetzt an friedfertig und rücksichtsvoll miteinander umzugehen. Danach begaben sie sich auf die Heimreise.

Die Füchse waren geschwinder als die Dachse. Als die Dachse in ihre Erdhöhlen zurückkehren wollten, hatten die Füchse sie bereits in Beschlag genommen. „Wie könnt ihr so etwas tun?“, riefen die Dachse empört. „Habt ihr nicht gerade erst gelobt, Frieden zu halten und Rücksicht zu üben? Dazu gehört doch auch, dass ihr unser Eigentum achtet!“

Die Füchse blieben ungerührt. „Ihr werdet uns doch nicht etwa vertreiben wollen? Erinnert euch an euren Schwur! Lasst uns also in Frieden und grabt euch anderswo neue Wohnungen. Man kennt euch als fähige Baumeister.“

Auch Hirsche, Rentiere und Rehe gerieten wieder aneinander. Die Rehe als die flinksten hatten als erste die saftigsten Wiesen erreicht. „Jetzt ist's genug“, riefen die Rentiere, die als nächste ankamen. Sie vertrieben die Rehe. Kurz darauf trafen die Hirsche ein. Sie beschimpften die Rentiere, die sich an den Gräsern gütlich taten. „Ihr glaubt wohl, unsere neue Friedfertigkeit ausnutzen zu können. Die Aufgabe König Kujos ist es, für Ordnung zu sorgen. Die aber besagt, dass die besten Weideplätze von uns belegt werden. Trollt euch also!“

Ähnlich ging es auch anderswo zu im Land Domros. Die Tiere stritten untereinander wie zuvor.

Einige Monate nach seiner Wahl hielt König Kujo Hochzeit. Er hatte Nafa, eine schöne und kluge Einhornfrau, als Königin gewonnen. Füchse, Wölfe, Wildschweine und alle anderen Tiere putzten sich heraus, überbrachten Geschenke und zeigten sich von ihren besten Seiten. Man lachte viel und freute sich miteinander. Einer gab dem anderen das Versprechen, ihn zu achten und zu fördern. Es war ein glücklicher Tag für König Kujo und alle, die ihn gewählt hatten.

Kaum waren die Feierlichkeiten verklungen, musste sich der König wieder Beschwerden anhören. Wildkatzen hatten sich mit Füchsen angelegt, Habichte Entennester ausgeraubt. Hirsche und Rentiere balgten sich wie gewohnt um die besten Weideplätze. Das Wildschwein Eso kam und klagte, dass seine Brüder es vertrieben hätten und nicht zulassen wollten, dass es sich wie sie im Eichelgrund suhlte.

Zornig antwortete ihm Kujo: „Geh zurück und sag ihnen, sie sollen dich wieder aufnehmen. König Kujo hat's befohlen."

Füchsen und Wildkatzen ließ er verkünden: „Geht euch aus dem Weg. Ihr habt nichts gemein miteinander. Euer König will es so."

Für Rentiere und Hirsche ordnete er an: „Die Weiden sind für alle da. Teilt euch also das Gelände."

Es dauerte nicht lange, und die Beschwerden mehrten sich. Eso, der junge Eber, warf sich vor Kujo auf den Boden und jammerte: „Ich habe meinen Brüdern gesagt, was du angeordnet hast. Doch sie kneifen und rammen mich, als ob das für sie nicht gelte."

Da empörte sich Kujo sehr. Er beschloss, die Bewohner seines Königreichs heimlich zu beobachten und zu belauschen.

Er war erst sehr kurze Zeit unterwegs, da konnte er hinter einem Strauch stehend beobachten, wie eine Wildkatze ihr Kind verprügelte. Dabei schrie sie: „Wenn du nicht artig bist, melde ich's dem König. Der wird dich abholen lassen und bei Wasser und Brot einsperren."

Kujo lief weiter und gelangte zu einem Weideplatz. Dort hatte man zu seinen Ehren einen großen Gedenkstein aufgestellt. Versteckt hinter diesem Stein konnte der junge König die Szene beobachten.

Er sah, wie Hirsche den Rehen das Futter streitig machten, ihnen mit ihren mächtigen Geweihen zusetzten und sie verjagten. „Wir sind die Elite der Wälder. Uns gebühren die besten Plätze. Es lebe der König!", riefen sie den Flüchtenden hinterher.

Als Kujo zum Eichelgrund kam, musste er erleben, wie Esos Brüder diesem schon wieder den Zugang versperrten. Als sich der junge Eber auf des Königs Befehl berief, rempelten und verprügelten sie ihn. Dann ließen sie ihn im Staub liegen. „Eine Schande ist's, dass jemand wie du unseren großen König mit seinen Angelegenheiten belästigt", merkten sie beim Weggehen an.

Schließlich gelangte Kujo an einen Ort, an dem Wölfe und Füchse zankten. Es war nicht sofort auszumachen, worum es bei diesem Streit ging. Diesmal berief sich auch keiner der Beteiligten auf den König. Dafür balgten sie sich, dass Kujo bei einigen um ihr Leben fürchtete.

Sofort trat er dazwischen. „Ich bin euer König und befehle euch: Lasst ab von diesem unwürdigen Kampf!"

Die Streithähne schauten verdutzt zu ihm auf. Dann drängten sich die Wölfe um ihn, um sich zu rechtfertigen. Das Gerangel war um ein totes Wisent entbrannt. „Es ist unsere Beute", erklärten sie beharrlich. „Unter einem Vorwand haben die Füchse uns abgelenkt und versucht, sie uns zu stehlen."

Kujo hörte sich die Argumente der Wölfe an und versuchte, eine gerechte Lösung des Problems zu finden. Doch während er noch mit den Grauröcken diskutierte, hatten die Füchse die Gelegenheit genutzt, sich über das Wisent herzumachen. Sie rissen die besten Stücke heraus und stahlen sich heimlich davon. Schließlich bemerkten das die Wölfe und liefen wutentbrannt hinterher. Das Geheule und Gezerre im Wald wollte kein Ende nehmen.

Entmutigt lief der König nach Hause und suchte Trost bei Nafa, seiner Frau. Noch am selben Tag ließ er verkünden: „König Kujo hat abgedankt."

Am folgenden Morgen traf eine Delegation von Hirschen bei ihm ein: „Haben wir richtig gehört? Willst du uns im Stich lassen? Alle Tiere brauchen dich!"

„Warum haltet ihr euch dann nicht an meine Anordnungen? Warum zankt und bekriegt ihr euch?"

Da traten die drei Anführer der Hirsche vor, hoben ihr Geweih und röhrten feierlich: „Nie wieder soll es wegen uns Zoff geben."

Kaum hatten die Hirsche sich verabschiedet, drängte eine Gesandtschaft von Wildschweinen heran. Sie hielten die Köpfe demütig gebeugt. „Bleib im Amt", bettelten sie. „Auf unseren Vorschlag hin hat man dich gewählt. Vergiss nicht die Verantwortung, die du dabei übernommen hast."

So setzte es sich fort. Eine Abordnung nach der anderen meldete sich. Die Tiere von Domros flehten ihn an, weiter zu regieren. Verunsichert suchte Kujo den Rat seiner Frau: „Was soll ich tun?", fragte er. „Ihrem Wunsch folgen und nicht aufgeben", erwiderte Nafa.

„Sie haben mir versprochen, zukünftig meinen Befehlen zu gehorchen. Alle haben gelobt, von jetzt an friedlich zu sein. Dennoch traue ich ihnen nicht. Nach kurzer Pause werden sie sich wieder gegenseitig drangsalieren."

Kujo fühlte sich ohnmächtig. Auf Nafas Wunsch bat er sich zehn Tage Bedenkzeit aus. Obwohl man ihn von schlechten Nachrichten verschonen wollte, drang an sein Ohr, dass Hirsche und Wildschweine schon auf dem Nachhauseweg wieder rückfällig geworden waren.

Als der Tag der Entscheidung kam, hörte er vor sich ein leises Piepsen. Es waren Abgesandte der Mäuse. Wegen ihrer kurzen Beine hatten sie länger gebraucht als die anderen, um zu ihm zu gelangen.

„Ihr armen kleinen Kerle", sprach Kujo sie an. „Unter allen Lebewesen seid ihr am meisten zu bedauern. Alle trampeln auf euch herum, schnappen nach euch und dezimieren eure Familien. Wie gerne hätte ich mehr für euch getan. Doch ich bin ohnmächtig und werde deshalb zurücktreten."

„Bleib uns gewogen und leg deine Krone nicht ab", bestürmten ihn die Mäuse. Das hatte Kujo nun wirklich nicht erwartet.

„Was nutzt euch ein König, was habt ihr von mir?", fragte er verwundert.

„Das wissen wir auch nicht", antworteten die Mäuse kleinlaut. „Dennoch bitten wir dich inständig, unser König zu bleiben."

Das Grab an der Wegkreuzung

Ewald wollte nicht glauben, was er sah. Vor ihm im Licht seiner Autoscheinwerfer stand leibhaftig ein Einhorn. Er stoppte schnell sein Fahrzeug, rieb sich die Augen und kniff sich in Wangen und Nase. Die Erscheinung vor ihm blieb. Er träumte nicht. Das Einhorn war da, und es sah genau so aus, wie er es aus Bilderbüchern kannte.

Nichts ahnend war er die Landstraße entlang gefahren, um sich im Nachbarort mit Freunden in einer Kneipe zu treffen.

Das Einhorn war nicht weniger erstaunt und verstört. Nur zufällig war es an den Rand der Straße gelangt. Nie zuvor war es einem Auto begegnet. Noch niemals in seinem jungen Leben war es von so hellem Licht angestrahlt und geblendet worden. Eine höhere, ihm unbekannte Macht hatte ihr Auge auf es gerichtet. Es erstarrte vor Schreck und Ehrfurcht.

Keiner wird mir glauben, wenn ich das erzähle, dachte Ewald bei sich. Er verließ seinen Wagen, hob einen schweren Ast auf, ging seitlich auf das Einhorn zu und erschlug das wehrlose Tier. Ewald war zufrieden mit sich. Jetzt würde er jedermann beweisen können, dass er wirklich ein Einhorn entdeckt hatte. Er sammelte Blätter und Reisig auf und bedeckte den Kadaver damit. Kein weiterer Vorbeifahrender sollte es sehen können.

Dann stieg er wieder in sein Fahrzeug und machte sich auf den Weg zur Kneipe, wo er von seinen Freunden mit allerlei Urlauten, dem unter ihnen üblichen Begrüßungszeremoniell, willkommen geheißen wurde. Ewald brannte darauf, sich mit seinem Erlebnis brüsten zu können.

Doch standen Einhörner nicht unter Artenschutz? Hatte er sich vielleicht strafbar gemacht? Er entschied sich, seine Sensation noch ein wenig zurückzuhalten. Wenn er und die Kameraden genügend getrunken hätten, würde sich alles leichter und gefahrloser darstellen lassen. Dann konnte er behaupten, das Tier habe ihn auf offener Straße bedroht. In Notwehr habe er gehandelt. Nur kraft seines Mutes und seiner Intelligenz habe er die unerwartete Situation meistern können. Danach konnte er seine Trinkgefährten zu dem erschlagenen Einhorn führen und sich als Held feiern lassen. Also bestellte er erst einmal ein Bier und hörte zu, was die anderen zu erzählen hatten.

Am Straßenrand, dort, wo das Einhorn lag, hatte sich jedoch inzwischen einiges ereignet. Als er von weitem die Todesschreie des Einhorns gehört hatte, war der Hirsch Alfan aus dem Wald herbeigeeilt. Nachdem Ewald verschwunden war, wagte Alfan sich heran und fand die Leiche unter dem Reisighaufen. Obwohl er ungeheuer stark und ein sehr erfahrener Hirsch war, konnte er seine Tränen nicht zurückhalten. „Was hat das junge Einhorn diesem Kerl getan?", klagte er. Ewald war ihm nicht unbekannt. Als Jäger war dieser Unmensch bei allen, die im Wald lebten, wegen seiner Rücksichtslosigkeit und Brutalität gefürchtet.

„Hier sollst du nicht liegen bleiben", sagte Alfan zu dem toten Einhorn. „Ich bringe dich zu der nahen Wegkreuzung. Dort werden dich deine Angehörigen eher finden als hier."

Der Hirsch schob sein mächtiges Geweih unter den leblosen Körper, hob ihn auf und trug ihn vorsichtig zu der Stelle, an der sich die Landstraße mit einem breiten Feldweg kreuzte. Dieser Weg wurde auch von Tieren benutzt. Deshalb hoffte Alfan, dass bald ein anderes Einhorn vorbeikommen und seinen toten Verwandten entdecken würde.

Doch Einhörner sind scheu und getrauen sich nur selten auf offene Wege. Es kamen jedoch einige Maulwürfe aus ihren Höhlen hervor und beschlossen, dass das Einhorn so nicht liegen bleiben dürfe. Was auch immer der Grund für seinen Tod gewesen sein mochte, auf ein würdiges Begräbnis hatte es Anspruch. Also riefen sie noch einige Kollegen hinzu. Der Älteste unter ihnen faltete seine Vorderpfoten und sagte in der Sprache der Maulwürfe: „Wir wissen nicht, wer du bist, wie du heißt und zu wem du gehörst. Doch wir sehen, dass du noch jung warst und jemand dir ein Leid angetan hat. Ins Leben zurückholen können wir dich nicht. Aber wir werden dafür sorgen, dass du eine würdige Ruhestätte findest. Im Namen aller, die dich geliebt haben, rufen wir dir zu: Kein böser Mensch und kein Schicksalsschlag sollen dich mehr bedrücken. Ruhe in Frieden!"

Sofort begannen alle Maulwürfe, heftig zu graben, und nach kurzer Zeit hatten sie das Einhorn beerdigt.

Als wenig später Ewald und seine Saufkumpane grölend zu der Stelle kamen, an der er das Tier niedergeschlagen hatte, fanden sie nur noch verstreut liegendes Reisig. Die trunkene Meute ließ Ewald keine Gelegenheit für lange Erklärungen. „Ich würde dir ja gerne glauben", greinte einer aus der Runde. „Doch in meinem Zustand müsste ich zwei Einhörner sehen, wenn eines vor uns läge. Ich sehe aber keins, also ist nicht einmal ein halbes da."

Alle höhnten Ewald, nannten ihn einen Aufschneider und machten derbe Scherze. Irgendwie fanden dann alle nach Hause.

Am Tag danach durchsuchte Ewald die Umgebung noch einmal. Nirgendwo fand er eine Spur des von ihm erschlagenen Tieres. Auf den Gedanken, dass es unter der Erde liegen könnte, kam er nicht. Wütend fuhr er zurück ins Dorf und ließ die üble Laune an seiner Familie aus. Dort und bei seinen Nachbarn war er als Schläger bekannt und gefürchtet.

Einige Wochen später wollte Ewald wieder einmal die Kneipe im Nachbarort besuchen und mit seinen Kameraden zocken. Diesmal fuhr er nicht mit dem Auto, sondern ritt auf seiner braven Stute Minna. „Der Gaul kennt den Weg so gut wie ich", sagte er zu sich selbst. „Wenn ich ein wenig zuviel getrunken habe, wird er mich auf direktem Weg nach Hause bringen."

Als sie zur Wegkreuzung kamen, scheute jedoch das Pferd und bäumte sich mit einem Ruck auf. Da verlor Ewald den Halt, flog in hohem Bogen ins nahe Gebüsch und brach sich das Genick. Die Stute, die es gewohnt war, aus willkürlichem Anlass von ihrem Herrn geprügelt zu werden, verfiel daraufhin in Panik und floh davon, irgendwohin in die Weite.

Niemand konnte sich erklären, wo Ewald abgeblieben war. Erst Wochen später fand man ihn im Gestrüpp liegend. Er war kaum wiederzuerkennen.

„Hier in der Nähe wollte er doch das Einhorn gesehen und erschlagen haben", raunten sich seine Kameraden zu. War das ein warnendes Zeichen des Schicksals? Sie jedenfalls beschlossen, niemals einem Einhorn zu begegnen oder, wenn es doch einmal der Fall sein sollte, so zu tun, als hätten sie es nicht bemerkt. Auf keinen Fall aber, so schworen sie sich, würden sie ihm etwas zu Leide tun.

Die Einhornfrage

In aller Welt stellt man die Frage: „Gibt es Einhörner?“ Die sechs international führenden Experten veranstalten dazu jährlich den Weltkongress der Einhornforscher. Drei von ihnen halten die Existenz von Einhörnern für bewiesen. Die drei anderen bestreiten dies voller Ingrimm. Um ihren jeweiligen Standpunkt zu untermauern, veröffentlichen sie jedes Jahr Bücher und Aufsätze, die vor allem von ihnen selbst gelesen werden. Hat jemand neue Gedanken ins Feld geführt, lässt die Antwort nicht lange auf sich warten.

Diesmal hatten die sechs New York als Tagungsort für ihren Weltkongress ausgewählt. Die Leitung lag in den Händen von Professor Bernhard W. Springman (USA), einem ausgewiesenen Einhorngegner. Er wurde unterstützt von Professor Mandi aus Indien und Professor Gressbach aus Deutschland. Letzterer hatte in seinem viel beachteten Hauptwerk, das den Titel „Das Neinhorn“ trägt, die Diskussion, die um die Jahrtausendwende ins Stocken geraten war, aufs Neue belebt.

Die Gegenposition wurde von den Gelehrten Eté (Frankreich), Ludevici (Italien) und Pello (Argentinien) vertreten.

Die sechs Wissenschaftler hatten sich in unterschiedlichen Hotels einquartiert. Auch die, welche denselben Standpunkt teilten, waren sich untereinander nicht grün. Jeder wollte der führende Einhornexperte sein. Viele Jahre hatte Professor Eté darum kämpfen müssen, bis endlich an der Universität von Paris ein Lehrstuhl für ihn errichtet wurde. Juristen, Mathematiker, Theologen und Seismologen hatten sich schon mit dem

Thema befasst. Es gab jedoch viele, welche die Frage nicht für wichtig hielten.

Professor Springman eröffnete den Kongress mit einer Brandrede. „In seinem verdienstvollen Werk ‚Das Neinhorn' hat Kollege Gressbach nochmals alle auf meinen langjährigen Forschungen fußenden Argumente zusammengetragen. Inzwischen habe ich neuere Erkenntnisse hinzufügen können und Kollege Mandi hat diese in Teilbereichen ergänzt. Mit dem heutigen Tag können wir feststellen, dass die Einhornfrage ein für allemal gelöst ist. Es gibt sie nicht, die geliebten Tierchen. Die Wissenschaft muss sich nun der Frage zuwenden: Warum überhaupt kamen Menschen auf die Idee, solche Wesen zu erfinden? – Die Ausführungen des Kollegen Pello, die wir jüngst in der Zeitschrift ‚Globale Einhorn-Studien' lesen konnten, waren ein letzter, aber vergeblicher Versuch, sich der Wahrheit entgegenzustellen. Wenn er behauptet, drei seiner Studentinnen hätten unabhängig voneinander Begegnungen mit Einhörnern gehabt, so gehört dies in den Fachbereich der Psychoanalyse.

Wenn Ludevici darlegt, es würden Jahr für Jahr neue, unbekannte Lebewesen entdeckt, so betrifft das nicht Kategorien in der Größe von Einhörnern, die nach des Kollegen eigenen Berechnungen in ausgewachsenem Zustand mindestens einhundert Kilogramm wiegen müssten.

Auch Etés nachhaltige Veröffentlichung ‚Vier Beine, ein Horn', kann nicht überzeugen. Mit seiner Feststellung, dass auch Nashörner Einhörner seien, gedenkt er meine Thesen zu widerlegen. Völlig abwegig, sage ich dazu nur. Abgesehen von Anomalien, das heißt krankheitsbedingten Fehlentwicklungen, kennt die Tierwelt nur die paarweise Hornbildung. Was aber das Nashorn anbelangt, so handelt es sich bei seinem guten

Stück um eine extrem ausgeformte Nase, so wie man das gelegentlich auch von Kollegen her kennt ..."

Die Fraktion der Einhorngegner bekundete verhaltene, aber unmissverständliche Zustimmung.

Unterdessen wurde die Tür zum Versammlungssaal geöffnet. Isa, Dago und Nemoth betraten den Saal. Sie hatten zufällig von dem Kongress gehört und waren eigens aus Kanada angereist. Die sechs Gelehrten schauten sich betreten an. Keiner von ihnen sagte etwas, abgesehen davon, dass sie fortfuhren, ihre Theorien zu begründen oder zu entkräften.

Nach einiger Zeit rief Isa laut in die Runde: „Seht uns doch an! Wir sind leibhaftig und unsere Hörner sind einzig."

Professor Springman schaute über seinen Brillenrand. „Wer auch immer Sie sein mögen, Leiter der Versammlung bin ich. Sie haben das Wort erst zu ergreifen, wenn ich es Ihnen erteilt habe."

Professor Ludevici trat ans Rednerpult. „Vor zwölf Jahren stieß der Anthropologe Neithard im äquatorialafrikanischen Urwald auf das bisher unbekannte Volk der Kamäen. Dort bekam er einen Braten vorgesetzt, wie er zuvor keinen gegessen hatte. Als er fragte, woher das Fleisch stamme, zeichnete man ihm deutlich erkennbar ein Einhorn in die Erde.

Leider musste Neithard seine Reise abrupt beenden, weil ihn die Nachricht vom Tod seiner Frau erreichte. So blieb ihm nicht die Zeit, weiter nach dem Tier zu fahnden. Bevor er sie verließ, wollte er von den Kamäen wissen, ob sie ihm ein Horn zeigen könnten. Da kicherten sie vielsagend. Ihm war aufgefallen, dass sie, wenn sie nicht gerade auf der Jagd waren, sich unentwegt miteinander paarten. Bis zu vierzehn Kopulationen am Tag konnte er bei einzelnen beobachten. Entsprechend hoch war die Zahl der Geburten. Die war auch erforderlich, da die durchschnittliche Lebenserwartung eines Kamäen nur zwölf Jahre beträgt."

„Sehen wir einmal ab von den dokumentierten Begegnungen zwischen Menschen und Einhörnern", ergänzte Professor Eté. „Auch die Logik zwingt uns dazu, von der Existenz der Tiere auszugehen. Jedem Begriff liegt ein Inhalt zu Grunde. Also gibt es auch Einhörner. Nur weil Springman persönlich noch keines gesehen hat, darf er sich nicht dazu versteigen, ihr Vorhandensein insgesamt zu leugnen. Auch Elfen, Engel und Teufel sind unsichtbar. Doch spricht alles für deren Dasein. – ‚Haben Sie schon meinen Arsch gesehen?', rief der unvergessene Abbé Kir, dem wir den ‚Kir Royal' verdanken, in der französischen Nationalversammlung. Er war ehemals Bürgermeister von Dijon und stritt im Parlament mit Abgeordneten, welche die Existenz Gottes leugneten. Dann drehte er den Kollegen seine Kehrseite zu, klopfte auf sein Hinterteil und versicherte: ‚Und dennoch gibt es ihn …'"

Alle Professoren lachten, doch änderte das nichts an ihren widerstreitenden Standpunkten.

Nun meldete sich Nemoth zu Wort: „Ihr seht doch, dass wir Einhörner sind …"

Unbeirrt erwiderte Professor Springman: „Mir ist nicht bekannt, dass Sie eine Einladung zu unserer wissenschaftlichen Tagung bekommen hätten. Wie immer werden wir am Schluss der Versammlung abstimmen. Ihre Meinung, mag sie Ihnen persönlich noch so wichtig sein, ist dabei nicht gefragt."

An seine Kollegen gewandt fuhr er dann fort. „Ich habe mir erlaubt, ein Bulletin vorzubereiten: ‚Die diesjährige Einhornforschertagung, die unter der Leitung von Professor Springman stand, kam zu dem eindeutigen Ergebnis, dass die Existenz von Einhörnern nicht nachgewiesen werden kann. Wie Springman zusammenfassend feststellte, muss sich die Einhornforschung nun dringend um die Aufklärung der Frage bemühen, weshalb es immer noch Menschen gibt, die an Einhörner glauben.'"

Die Abstimmung erfolgte geheim. Vier Teilnehmer stimmten der Erklärung zu, einer enthielt sich, eine Stimme war ungültig.

Alids Traum

Als der alte Einhornhengst Morin und seine junge Frau Kira einen Sohn bekamen, gaben sie ihm den Namen Alid. So hieß der Stammvater aller Einhörner und nach ihm viele Söhne traditionsbewusster Einhorneltern. Morins und Kiras Sohn aber kam in seiner Kraft, Schönheit und Eleganz dem ersten Alid am nächsten.

Zum Manne gereift wurde er von vielen Einhorndamen bewundert. Das stärkte sein Selbstbewusstsein, doch der Vater mahnte ihn: „Du musst auch deinen Charakter bilden. Schönheit allein verursacht Langeweile."

Er schickte Alid zu Hargo, einem alten Einhorn mit grauem Kopf und weißer Mähne. Hargo galt als der Weiseste unter den Einhörnern. Es war ein Vorzug, bei ihm lernen zu dürfen.

Alid tat's gerne und mit Eifer. Der junge Einhornmann war nicht nur bestechend schön, sondern auch klug und wissbegierig. Eines Abends, als er neben Hargo in der Dämmerung stand, fragte er ihn: „Warum müssen wir uns davor fürchten, Göttern oder Menschen zu begegnen? Haben wir nicht von den Urweltriesen den Auftrag erhalten, Treue und Redlichkeit und damit auch Frieden unter sie zu bringen?"

„Das hat schon unser Stammvater vergeblich versucht", antwortete Hargo. „Die Götter sind eifersüchtig auf uns, und die Menschen wollen über uns herrschen und uns gebrauchen. Der alberne Glaube, unsere Hörner enthielten ein Mittel zur Steigerung der Manneskraft, lässt sich nicht ausrotten. Es wird immer Verrückte geben, die uns nach dem Leben trachten."

„Hargo ist alt und hat wegen seiner schlechten Erfahrungen resigniert", dachte Alid.

„Im Kampf zwischen Gut und Böse ist das Böse fast immer im Vorteil", fuhr Hargo fort. „Es hat keine Probleme mit der Wahl seiner Mittel. Wo es sich sicher weiß, verhält es sich brutal. Die, über die es herrschen will, versetzt es in Angst. Fühlt es sich unterlegen, wird es hinterhältig."

„Hat das Gute keine Chance?"

„Wenn alle Gutwilligen sich zusammenschließen und eine enge Gemeinschaft bilden, können sie das Böse ächten. Hat dieses jedoch erst einmal Überhand genommen, breitet es sich aus und setzt sich überall fest."

„Ich weiß aber, dass Mogin, der Kuckuck, unserem Stammvater Alid prophezeit hat, dass eines Tages Frieden über die Welt kommen soll. Wenn derjenige unter uns, der dazu berufen ist, einer auserwählten Jungfrau sein Horn in den Schoß drückt, wird dieser Tag gekommen sein."

„Du denkst dabei wohl an dich?", erwiderte Hargo mit mildem Argwohn. „Doch kann man einem Kuckuck trauen? Er ist ein Schelm, der anderen Vögeln seine Eier ins Nest legt ..."

„Irgendwie muss es möglich sein, unseren Auftrag zu erfüllen", beharrte Alid. „Sonst hätten Börs und Bestla, die göttlichen Riesen, ihn nicht erteilt."

„Vor vielen Jahren lebten nicht weit von hier die Benschis, ein Menschenvolk. Eines Tages entdeckten sie, dass in der Gegend Gräser wuchsen, deren Körner eine nahrhafte Speise bildeten. Bald wurden diese für die Menschen zum wichtigsten Lebensmittel. Anstatt sich nun gemeinsam an der Entdeckung zu erfreuen, geriet das Volk darüber in Streit und spaltete sich in zwei Parteien.

Die einen, die sich Pantis nannten, forderten, dass ein Teil der aufgesammelten Körner auf Altären verbrannt und den Göttern geopfert werden sollte. ‚Die Götter haben uns das Korn gegeben. Wir schulden ihnen dafür Dank und müssen sie gnädig stimmen, damit sie weiterhin genug Gräser wachsen lassen.' Die anderen, die Flatis genannt wurden, bestanden darauf, alle überzähligen Körner in fruchtbare Erde einzusäen. ‚So wachsen immer neue Gräser nach, und nur damit lässt sich verhindern, dass wir irgendwann hungern müssen.'

Keine der Parteien zeigte sich einsichtig. Sie verfeindeten sich immer mehr. Eines Tages hatten die Flatis eine große Schale mit Körnern gefüllt, um sie zur Saat auszubringen. Doch die Pantis hinderten sie daran. Sie beharrten darauf, das Saatgut den Göttern zu opfern. Da keine Seite stark genug war sich durchzusetzen, beschloss man, die Entscheidung den Dorfältesten zu übertragen. Doch ehe die zusammentreten konnten, ging ein gewaltiger Regen nieder. Das Korn in der Schale wurde nass, blähte auf, barst und säuerte.

‚Nun ist es ungeeignet, um ausgesät zu werden', sagten die Pantis und stellten den Brei auf ein Opferfeuer. Nach kurzer Zeit erfüllte ein wunderbarer Duft die Umgebung. Unbeabsichtigt hatten sie gelernt, wie man Brot backt. Lange stritten Pantis und Flatis darüber, wem diese Erfindung zuzuschreiben sei. Ihr Verhalten änderten sie nicht. Die Pantis sammelten weiterhin die Körner von wild wachsenden Gräsern. Was sie selbst nicht verbrauchten, opferten sie ihren Göttern. Die Flatis aber legten Äcker an und brachten jeweils die Hälfte ihrer Ernten als Saatgut ein. Außerdem bauten sie Speicher und lagerten in guten Erntejahren Vorräte für schlechte Zeiten.

Irgendwann brach eine Dürre über das Land herein. Was wachsen sollte, vertrocknete. Die Pantis fanden kein Getreide zum Essen. ‚So geschieht es euch recht', höhnten die Flatis. ‚Von uns werdet ihr nichts bekommen. Betet zu euren Göttern, damit sie Körner auf euch niederregnen lassen.'

Da bewaffneten sich die Pantis und erklärten den Flatis den Krieg. Obwohl sie vom Hunger geschwächt waren, wuchs ihnen Kraft aus dem Vertrauen in ihre Götter. So schlugen, töteten oder unterjochten sie die Flatis. Sie raubten ihre Kornspeicher aus, aßen die Vorräte auf oder brachten sie als Opfer dar. Für die Flatis ließen sie nichts übrig."

Alid überlegte, was Hargo ihm mit dieser Geschichte sagen wollte. Er wurde traurig. In der folgenden Nacht lag er lange wach und grübelte. Am frühen Morgen erst schlief er ein und hatte einen Traum.

Er lief durch eine Landschaft mit vielen Kratern und speienden Vulkanen. Irgendwo stieß er auf Odin, den obersten Gott aus dem Geschlecht der Asen. Der war gerade damit beschäftigt, Menschen gegeneinander in einen Kampf zu schicken. Dabei legte er fest, welche von ihnen in der Schlacht ums Leben kommen sollten. „Ihr seid ausersehen, nach Walhall zu gehen", säuselte der Gott ihnen zu.

„Nein", fuhr Alid dazwischen. „Ihr alle lebt doch gerne, habt Freundinnen oder Frauen und Kinder. – Wo liegt Walhall? Was erwartet euch dort? Niemand kann bezeugen, diesen Ort je gesehen zu haben. Also ist er frei für allerlei Fantasien und Lügen."

Odin ließ das Einhorn nicht weiterreden. Er packte eine Lanze und schlug auf Alid ein. Während der schnell die Flucht ergriff, hörte er, wie Hunderte von Männern immer wieder

„Odin" schrien und sich dabei niedermetzelten. Die Starken töteten die Schwachen, um anschließend von noch Stärkeren zu Fall gebracht zu werden.

Alid hatte das Gefühl, dass der rachsüchtige Gott ihn verfolgen würde. Als er vor sich eine Eiswüste auftauchen sah, lief er in seiner Not darauf zu und versteckte sich in einem Eisberg. Jetzt bin ich wieder dort, wo mein Urvater und Namensgeber angefangen hatte, dachte er und wartete darauf, dass Audhumbla, die Urkuh, kommen und ihn freilecken werde. Doch die Geschichte wiederholte sich nicht. Niemand kam, um Alid aus dem Eis zu befreien. Stattdessen ereiferte er sich so sehr über den anmaßenden Odin, dass von der Hitze, die sein Körper ausströmte, der Eisberg schmolz.

Selbstbewusst setzte Alid seinen Lauf fort. Bald traf er auf Freya, Odins Frau. „Du bist schön, du gefällst mir", begrüßte sie ihn.

„Wie soll ich Treue und Redlichkeit in die Welt bringen, wenn dein Mann nach mir schlägt? Wäre es nicht besser für Götter, Menschen und Tiere, sie gingen friedvoll miteinander um? Alle haben doch ein Recht auf Glück!"

„Hör zu, junger Hengst. Erst waren die Riesen. Sie sind verschwunden. Niemand weiß wohin. Dann kamen die Götter, darauf die Menschen, schließlich die Tiere. Diese Ordnung lässt sich nicht umstoßen. Nicht jeder hat die gleichen Rechte."

„Wenn nicht alle die gleichen Rechte haben, darf auch niemand damit anfangen, sich welche zu nehmen."

„Sollte zutreffen, was du sagst, hat auch kein Einhorn das Recht, gegenüber einer Göttin solch' altkluge Äußerungen zu wagen." Freyas Blick wurde finster, und Alid beeilte sich davonzulaufen.

Irgendwo traf er auf Arved, einen Menschen. „Ich bringe dir die Botschaft von Frieden, Treue und Redlichkeit."

„Das solltest du zu meinem Schwiegersohn sagen", erwiderte Arved. „Er schuldet mir immer noch das Geld, das ich ihm geliehen habe. Auch meinem Nachbarn möchte ich dich gern vorstellen. Seine Kinder machen Lärm, und aus dem Schuppen hinter seinem Haus stinkt's, als ob dort nie gesäubert würde." Arved begann sich zu begeistern. „Ist es wahr, was man sagt – enthält euer Horn eine Substanz, die ungeahnte Kräfte wachruft?"

Alid schüttelte sich und lief weiter. Nach einiger Zeit gelangte er in eine Steppe. Dort begegnete er Vilon, einem riesenhaften Löwen. Der hatte gerade damit zu tun, einer Antilope den Bauch aufzureißen.

„Was hat sie dir getan?", rief Alid vorwurfsvoll.

„Sie hat sich von mir fangen lassen", erwiderte Vilon selbstzufrieden. „Ihr Pech und mein Glück. So hat es die Natur gewollt. Es ist Bestimmung. Wenn du mir zu nahe kommst und ich noch Hunger haben sollte, werde ich auch dich jagen und auffressen."

Während der Löwe noch mit der Antilope befasst war, kam eine Bero-Bero-Schmeißfliege herbeigeflogen. Sie setzte sich auf Vilons Rücken, stach ihn und legte unter seiner Haut ihre Eier ab. Dann schwirrte sie wieder davon und surrte: „Tut mir leid, es musste sein, so ist's Bestimmung."

Im Traum verließ Alid schnell diesen Ort und lief suchend umher. Plötzlich überkam ihn ein Hochgefühl. Er wusste nicht wie und warum, aber er glaubte, von irgendwoher das für ihn entscheidende Wort gehört zu haben. Seine Erregung war so groß, dass er darüber aufwachte. Eindeutig hatte ihm eine erhabene Stimme das Wort „Alkumirum“ zugerufen. Er hatte es nie zuvor gehört. Doch war er sich sicher, dass es sich um ein Schlüsselwort handelte. Es enthielt die Antwort auf die Fragen, die er sich immer wieder gestellt hatte. Hargo würde es kennen und ihm erklären können.

Doch der alte Einhornhengst hob die Schultern. „Das Wort klingt gut, kann aber alles heißen. Wenn es dir so wichtig ist, laufe durch die Welt und frage jeden, dem du begegnest, ob er es dir übersetzen und erklären kann. Doch sei vorsichtig. Überprüfe, was man dir sagt. Stelle alles in Frage. Zu leicht erliegt man seinen Wünschen und wird, anstatt weiser zu werden, zum Idioten. Mehr kann ich dir nicht sagen. Deine Fragen haben mir meine Grenzen gezeigt.“

Alid bedankte sich bei Hargo. Innere Unruhe trieb ihn zum baldigen Aufbruch. Er lief ohne Ziel davon. Götter, Menschen und Tiere fragte er, ob sie etwas über Alkumirum wüssten.

Hargo, der ihm lange nachgeschaut hatte, fürchtete vor allem, dass irgendjemand Alids Vertrauen missbrauchen könnte.

Nachwort

Als phantastisches Fabeltier ist das Einhorn heutzutage in zahlreichen Filmen, Büchern, Comics und Erzählungen als geheimnisvolle Fabelgestalt anzutreffen, die oftmals die Rolle des moralisch Guten und Reinen symbolisiert. Seine Bedeutung und seine Rolle als fiktives, märchenhaftes Wesen sind in unserer Zeit eindeutig und werden nicht angezweifelt.

Das war aber nicht immer so. Bis ins frühe 20. Jahrhundert glaubten Naturwissenschaftler und Afrikaforscher an die tatsächliche Existenz des Einhorns und versuchten, auf seine Spuren zu gelangen. In mittelalterlichen und frühneuzeitlichen Schatzkammern finden sich so genannte Einhornstangen und Gefäße aus dem vermeintlichen Horn des Tieres; die berühmten Gobelins aus dem Musée de Cluny in Paris (um 1480) zeigen eine schöne junge Frau in Gesellschaft eines Löwen und eines Einhorns. Jahrhundertelang beschäftigte das Einhorn die Menschen, die Wissenschaften und die Theologie. Wo aber liegt der Ursprung dieser Faszination für dieses Wesen?

Eine der ältesten literarischen Quellen, in der ein Einhorn auftaucht, ist das große indische Heldenepos „Mahābhārata“ – dessen Ursprung nicht exakt datiert werden kann, wohl aber um 300 v. Chr. erstmals schriftlich fixiert worden ist. Es beinhaltet ein episches Geschehen, angefüllt mit philosophischen und moralischen Betrachtungen und Legenden. Im Buch „Vana Parva“ dieses Epos' findet sich die Legende des Gazellenhorns, eines Asketen namens Ṛṣyaśṛnga. Sein Vater ist ebenfalls ein Asket, seine Mutter eine Gazelle, eine Tochter der Götter.

Er hat deshalb am Kopf ein einzelnes Horn und lebt als Asket im Wald. Da er dieses entsagungsreiche Leben führt, hat er Macht über den Götterkönig Indra und damit über den befruchtenden Regen. Das macht ihn unschätzbar wertvoll für den König Lomapāda von Aṅga, dem der Regen ausbleibt. Der König und seine Ratgeber fassen daraufhin den Plan, dass eine Hetäre den Asketen überlisten und an den Königshof bringen soll. Mit berauschenden Getränken, Blumen und Tanz betört sie ihn und entführt ihn an den Königshof. Sobald er dort in das Frauengemach eintritt, fällt der ersehnte Regen. Gazellenhorn und das Mädchen heiraten und kehren zurück in die Einsiedelei. Die Legende weist eine auffallende Nähe zur Einhorn-Fang-Geschichte im europäischen „Physiologus" auf (auf die noch eingegangen wird); ein indischer Ursprung für die abendländischen Einhorngeschichten ist also stark zu vermuten.

Das Motiv vom verführten Asketen findet sich auch in China, in Predigtbeispielen von wandernden Mönchen, überliefert in der Sammlung „King lu yi siang". Im „Erh-ya", im „Buch der Synonyme" (vor 200 v. Chr.) tauchen gleich zwei Einhörner auf: zum einen ein Vierfüßer mit dem Körper eines Hirsches, dem Kopf eines Wolfes, den Hufen eines Pferdes und dem Schwanz eines Ochsen, zum anderen das *Ch'i-lin* mit einem langen und spitzen Horn aus Fleisch, das Gut und Böse unterscheiden kann. Das Tier bringt Glück und Frieden. Das älteste literarische *Ch'i-lin*-Zeugnis findet sich im „Shi-ching" („Buch der Lieder") aus dem 6.–9. Jh. v. Chr., in einem Lied, das Hufe, Stirn und Horn des Tieres besingt. Das hier abgedruckte Gedicht stammt aus der Bearbeitung des Buches durch Konfuzius, der sich ca. 484–480 v. Chr. mit dem Redigieren alter Überlieferungen beschäftigte.

Ki-Ling
das chinesische Einhorn

Das edle Thier Ki-Ling,
Ein Wunder nicht gering,
Ist wohl ein seltnes Ding.
Es trägt ein ehern Horn
An seiner Stirne vorn,
Stößt doch kein Thier im Zorn.
Es gehet nie geschaart,
Es gehet nie gepaart,
Ist einzig seiner Art.
O welches Wunder! von den schönen,
Von allen unsres Königs Söhnen
Ist jeder einzig ein Ki-Ling.

Das edle Thier Ki-Ling,
Das nie ein Jäger fing,
Ist wohl ein Wunderding.
Es trägt ein ehern Huf,
Doch nie sein Fußtritt schuf
Des Gräsleins Weheruf.
An seinem Leib vereint
Fünffache Farb' erscheint,
Daß man zu träumen meint.
O welches Wunder! von gesammten
Des Königstammes Angestammten
Ist jeder einzeln ein Ki-Ling.

Das edle Thier Ki-Ling,
Einzig im Weltenring,
Ist wohl ein Wunderding.
Es führet starken Schritt,
Tritt hart nicht auf damit,
Kein Wurm darunter litt.
Es hat des Rosses Kraft,
Des Lammes Eigenschaft,
Ein Thier so musterhaft.
Was kann das Wunder übertreffen?
Ein jeder von des Königs Neffen
In seiner Art ist ein Ki-Ling.[1]

Das *Ch'i-lin* zählt in China zu den vier heiligen Zaubertieren (neben dem Drachen, dem Phönix und der Schildkröte), es ist friedliebend und ein Glücksbringer. Sein Erscheinen kündigt die Geburt einer großen Persönlichkeit an. So ist angeblich auch der Mutter des Konfuzius während ihrer Schwangerschaft ein Tier mit einem Horn auf der Stirn erschienen.

In der altgriechischen Kultur taucht in den „Indika" des griechischen Arztes Ktesias (entstanden um 398 v. Chr.) der indische Esel auf, der folgendermaßen beschrieben wird: Das Tier ist größer als ein Pferd, mit einem weißen Leib, der Kopf

[1] Rückert, Friedrich (Hrsg.): Schi-King. Chinesisches Liederbuch, gesammelt von Confucius, dem Deutschen angeeignet von Friedrich Rückert. Altona 1833, S. 17f.

ist purpurrot, die Augen sind dunkelblau. Es trägt ein Horn auf der Stirn, das pulverisiert oder zu Bechern verarbeitet als Mittel gegen Gifte, Epilepsie und Magenkrämpfe dient. Der untere Teil des Horns ist weiß, die Spitze hochpurpurrot und die Mitte schwarz. Außerdem besitzt es starke Sprungbeine, die ihm außergewöhnliche Schnelligkeit verleihen. Man kann es deswegen auch nicht fangen. Nur wenn er Junge hat, kann man den Esel umzingeln und mit Pfeil und Bogen erlegen. Grundlage für Ktesias waren wohl entstellte Berichte über das indische Nashorn, die er vielleicht mit dem Aussehen des iranischen, einhörnigen Esels und der vedischen Gazelle vermischte. Nach Megasthenes und nach der Schrift „De natura animalium" des Claudius Aelianus aus Praeneste (ca. 175–235 v. Chr.) hat das *monokeros*, das von den Indern *kartazon* genannt wird, ebenfalls die Größe eines Pferdes, den Kopf eines Hirsches, die Füße vom Elefanten, den Schwanz des Schweines, zwischen den Augen ein scharfes und gewundenes Horn, sowie eine laute und misstönende Stimme. Es ist ein Einzelgänger und kann nur zur Brunftzeit getötet werden. Neu in diesen Quellen ist, dass nur Jungtiere gefangen werden könnnen, die man zum Königshof bringt.

Auch Aristoteles beruft sich in „De partibus animalium" auf den indischen Esel von Ktesias und ist wiederum Vorbild für Plinius d. Ä., dessen Einhornbeschreibung in der „Naturalis historia" (77 n. Chr.) durch die Aufnahme in viele Enzyklopädien dem gesamten Mittelalter bekannt wurde.

Durch die griechische Übersetzung des Alten Testaments – die „Septuaginta" – gelangte das Einhorn in die Bibel. Das hebräische Wort *re'em*, das den Wildstier oder Auerochsen bezeichnet, wurde fälschlicherweise mit *monokeros* übersetzt. Dieses Wort war wahrscheinlich den Gelehrten und Übersetzern aus den Berichten über den Wildesel und über das *kartazon* von Ktesias und Aelian bekannt. So wurde in den „Numeri" (23,22: Gott hat sie aus Ägypten herausgeführt, sein ist ja die Herrlichkeit des Einhorns), im „Deuteronomium" (33,17: Der Erstgeborene des Stieres – das ist seine Schönheit, die Hörner des Einhorns sind seine Hörner), im „Buch Jiob" und den Psalmen *re'em* durchweg als Einhorn übersetzt. Wobei zu beachten ist, dass hier nur der positive Aspekt des Wildstieres/Auerochsen hervorgehoben wird. Dies unterscheidet sie von den hebräischen Hagiographen, die sowohl die göttliche Macht als auch die widergöttliche, bedrohliche Gewalt mit dem Bild des *re'em* darstellten.

Bei der Übersetzung des Alten Testaments ins Lateinische – in der „Vulgata" – treten drei verschiedene Übersetzungen des griechischen Wortes *monokeros* auf, die alle gleichbedeutend sind: *rhinokeros, unicornis* und das latinisierte *monoceros*. Das Tier erscheint in unterschiedlichem Kontext, als Sinnzeichen des Kreuzes, als Symbol Christi, als Bild für die Patriarchen und Propheten, Christen als Anhänger des einen Gottes, als Sinnbild der Einheit des Glaubens und auch mit negativer Bedeutung als Bild für stolze Menschen, Juden und böse Mächte.

Großen Einfluss auf die Vorstellung vom Einhorn hatte die Schrift „Physiologus", der Naturkundige, bis ins späte Mittelalter hinein. Der griechische Archetypus dieses literarischen Werks entstand etwa Ende des 2. Jh. n. Chr. in Alexandrien. Der Verfasser ist unbekannt. Es folgten zahlreiche Abschriften und Übersetzungen in verschiedene Sprachen, wobei nicht alle Fassungen das Einhorn enthalten. Die Darstellung der Natur im „Physiologus" ist immer zweiteilig angelegt: in den Naturbericht und in die Allegorese. So wird beispielsweise zuerst das Einhorn mit seinen Eigenschaften beschrieben, dann die Verbindung zur Heiligen Schrift und der Vergleich mit Jesus angestellt. An dieser Stelle interessiert die Beschreibung des Einhorns: Es ist ein kleines Tier, einem Böckchen ähnlich, mit einem Horn auf der Stirn. In manchen Fassungen wird erzählt, die Tiere wollten aus einem vergifteten See trinken. Sie warteten ab, bis das Einhorn sein Horn in das Wasser gehalten hatte und es dadurch wieder trinkbar war. Das Einhorn ist meist als zornig und kühn dargestellt und kann nicht gefangen werden, es sei denn von einem Mädchen oder einer Jungfrau. Hier ist, wie vorne beschrieben, deutlich die Nähe zu der indischen Legende vom Gazellenhorn festzustellen. Das Einhorn kommt zutraulich zu dem Mädchen, setzt sich in dessen Schoß oder stößt sein Horn in denselben. Nur dann kann das Tier überwältigt und zum Königspalast geführt werden. Die Deutung dieses Bildes liegt nahe: Kirchenväter und mittelalterliche Autoren setzten die Einhornjagd mit der Menschwerdung Christi, der unbefleckten Empfängnis Marias gleich. Genau diese Szene vom Einhorn und der Jungfrau wird, ähnlich wie die Pietà, häufig im Mittelalter abgebildet und ist ein beliebtes Motiv auf Wandteppichen.

Auch in spätmittelalterlichen jüdischen Handschriften findet sich das Horn als Symbol für Kraft und göttliche Auserwählung und für den Stamm Ephraim. Der babylonische Talmud (ca. 2. Jh. v. Chr. – 5. Jh. n. Chr.) nämlich enthält im Abschnitt über die Schlachtopfer die Geschichte über Noahs Arche. Dort ist diskutiert, wie das Einhorn die Sintflut überleben konnte, obwohl es keinen Platz mehr in der Arche gefunden hatte. Die Antwort gibt die Sage: Das Tier ist neben dem Schiff angebunden worden und musste schwimmen. Das ansonsten kochendheiße Wasser ist an dieser Stelle erstaunlicherweise kalt geblieben. Später kam jedoch die Frage auf, warum das Tier dann aber heute nicht mehr existiert. Die Antwort geben polnische, kleinrussische und ukrainische Fassungen des Talmud, wiederum mit einer Sage: Das Einhorn ist wegen seiner Angriffslust nicht ins Schiff gelassen worden und musste nebenher schwimmen. Auf das Horn des Tieres setzten sich jedoch so viele Vögel, dass es untergehen musste.

Hildegard von Bingen (1098–1179) dagegen greift in ihrem naturwissenschaftlichen Werk „Subtilitarum diversarum naturarum creaturam" (um 1155) im Liber VII wieder die heilkräftigen Eigenschaften des Einhorns auf, wie sie schon Ktesias beschrieben hat. Sie widmet dem *unicornus* ein eigenes Kapitel, beschreibt es als eher kalt denn warm, wobei seine Stärke größer als seine Kälte ist. Es ist ein Pflanzenfresser, fürchtet den Mann, folgt aber der Frau. Deshalb kann es von Frauen gefangen werden; diese müssen aber adelig, am Beginn des Erwachsenenalters, am besten blond und kussbereit sein. Einmal im Jahr kommt es auf einen paradiesischen Platz mit Blumen, von denen es seine große Kraft hat. Unter dem Horn befindet sich an der Stirn ein ehernes Gefäß wie ein Spiegel. Hildegard von Bingen schreibt dem Einhorn folgende medizinische Bedeutung zu: Seine pulverisierte Leber vermischt mit Eigelb ist eine wirksame Salbe gegen Aussatz (es sei denn, der Kranke ist dem Tod übereignet und Gott will ihn nicht heilen). Ein Gürtel aus der Haut des Tieres schütz vor Pest und Fieber, Sandalen vor Knochenleiden.

An dieser Stelle soll ein kurzer Exkurs über die angebliche Heilkraft des Einhorns eingeschoben werden, die unmittelbar mit der Erklärung, warum sich Einhornstangen in mittelalterlichen Schatzkammern fanden, in Verbindung steht. Wie bei Ktesias, Plinius, Hildegard von Bingen und anderen nachzulesen, wurde das Horn des Tieres vor allem als ein wirksames Gegengift angesehen. Die antiken Autoren hatten asiatische Quellen und Legenden zum Vorbild, die das Horn ebenfalls als Gegengift anführen. Im Islam war diese Auffassung immer präsent. Seitdem die arabische Heilkunst in Europa an Einfluss gewonnen hatte und seit der Aufnahme des Einhorns in die Bibel und den „Physiologus“ gewann diese Ansicht wegen ihrer christologischen Symbolik noch mehr an Gewicht. Versuche hatten ergeben, dass das Horn bei Berührung mit Gift zu schwitzen begann. Spinnen und Skorpione sollen angeblich beim ersten Kontakt mit ihm gestorben sein. Daraus ergab sich folgende heilkundige Lehre: Einhornpulver wurde als Antidot bei Vergiftungen und als Heilmittel gegen Pest eingesetzt. Auch potentielle Giftopfer sollten angeblich immun werden, wenn sie aus Bechern und Geschirr, gefertigt aus Einhornstangen, trinken würden. Die vermeintlichen Einhornstangen waren in Wirklichkeit Narwalzähne. Im Jahr 1100 sind erste Berichte von Narwalzähnen überliefert, welche die Wikinger als Tauschobjekte von ihren Grönlandfahrten mitbrachten. Mittelalterliche Quellen aus Mitteleuropa deuten den Zahn als Stirnwaffe des Einhorns. Dadurch schien die bisher nur schriftlich überlieferte Existenz des Einhorns als eindeutig erwiesen. Die „Einhornstange“ wurde deshalb geradezu zu einer Reliquie erhoben und war im Besitz vieler sakraler Institutionen. Auch auf die bildliche Darstellung hatte diese Entdeckung großen Einfluss: Seit dem 12. Jahrhundert wird das Einhorn mit dem schmalen, gedrehten Horn des Narwals abgebildet, während es in früheren Beschreibungen und Abbildungen eine beliebige Form hatte. Es bestand eine große Nachfrage nach vermeintlichen Einhornstangen, die zu Medizin, allerlei Gefäßen, Schmuck, Möbeln und Herrschaftsinsignien verarbeitet wurden.

In den literarischen und bildlichen Zeugnissen des Mittelalters erscheint das Einhorn als ein Paradiestier. Es ist bei der Erschaffung der Tiere, ihrer Namensgebung durch Adam und dem Sündenfall anwesend, als ein Tier des *hortus conclusus* also. Durch Otto von Dameringen wird das fabelhafte Einhorn erstmals mit der Übertragung des „Monteville-Reiseberichts" in die deutsche Sprache eingeführt. Darin findet sich die Beschreibung einer Abtei und eines Baumgartens, der seltsame Gäste beherbergt, unter ihnen eben das Einhorn. Danach taucht das Tier durchweg in den mittelalterlichen Enzyklopädien und den spätmittelalterlichen/frühneuzeitlichen Reiseberichten, zum Beispiel bei Marco Polo, auf.

Zwei weitere deutschsprachige Bearbeitungen sind das frühmittelhochdeutsche Versepos „Alexanderlied" (Straßburger Handschrift um 1160) des Trierer Pfaffen Lamprecht, welches das früheste Zeugnis eigenständiger deutschsprachiger Dichtung über das Einhorn darstellt. Der Held Alexander berichtet selbst von seinen Taten und Erlebnissen und von einem wundersamen Tier, das ihm die Königin Kandakis geschenkt habe. Wolfram von Eschenbach übernimmt dieses Motiv im „Parzival" (um 1200).

Als eine einschlägige Enzyklopädie aus dieser Zeit sei zuerst „De animalibus" von Albertus Magnus (ca. 1193–1280) genannt. Der Scholastiker und Dominikaner verzeichnete alle damals bekannten Tiere, wobei das Einhorn gleich zweimal auftritt: als *monoceros* und als *unicornis*. Als Grundlage diente ihm wohl das bereits vorgestellte Werk Aristoteles, aus dem er die Beschreibung des *monoceros* adaptiert. Dem *unicornis* dagegen wird unter anderem die Eigenschaft zugeschrieben, es könne nur von jungfräulichen Mädchen gezähmt werden. Der mittelhochdeutsche Dichter Rudolf von Ems bringt in seiner „Weltchronik" (um 1250, unvollendet) den neuen Aspekt der Jungfräulichkeitsprobe hinzu. Das Einhorn zeigt sich nämlich Jungfrauen gegenüber zahm und lässt sich im Schoß der Frauen nieder. Behauptet aber eine Frau fälschlicherweise, sie sei jungfräulich, sticht das Einhorn sein Horn durch sie hindurch, um die Falschaussage zu bestrafen.

Einer der berühmtesten Reiseberichte ist der des Marco Polo (1254–1324), der nicht nur über Geografie, Politik und Handel, sondern auch über allerlei Phantastisches und Exotisches auf seinen Reisen durch Persien und China erzählt. In dem Abschnitt, der in einer mittelhochdeutschen Übersetzung mit „von vil elefantin und wunderlichin eynhorn und von affin menschin gelich und von swarczen sperwern" wiedergegeben wurde, beschreibt Marco Polo als Einhorn eindeutig ein Nashorn, vermutlich ein Sumatra-Nashorn. Er bemerkt verwundert, dass dieses Einhorn wohl kaum in den Schoß einer Jungfrau passe.

In Fabeln und Tierepen wird meist auf die Wildheit, den Stolz und die Gefährlichkeit des Einhorns hingewiesen. Es trachtet entweder nach dem Leben des Menschen, und wird deshalb als Bild für den Tod verwendet, seine Stärke führt zu Konflikten mit anderen Tieren oder sein Hochmut bringt es zu Fall. Die „Parabel vom Mann im Abgrund" im christlich umgedeuteten Legendenroman „Balaam und Josaphat" (wohl indische Ursprünge, aus den Buddah-Legenden bis 6. Jh. v. Chr.) ist eine der verbreitetsten Erzählungen über das Einhorn. Darin steht das Tier symbolisch für den Tod, der dem Menschen ständig auflauert. Die Erzählung war scheinbar von solcher Beliebtheit und so weit verbreitet, dass sich sogar folgendes Sprichwort daraus entwickelte: „Daß dich der Einhurn in diesem Jahr nit stoß' und in vilen Jahren nit!"

Als Beispiel für eine Fabel sei hier die Übersetzung und Umgestaltung einer äsopischen Fabel ins Lateinische genannt, bei der Löwe und Einhorn gegeneinander kämpfen. Darin rammt das Einhorn sein Horn so fest in einen Baum, dass es sich nicht mehr befreien kann und getötet wird. Auf diese Version scheinen sich unter anderem Shakespeare und Martin Montanus berufen zu haben. Letztgenannter arbeitete diese Fabel wohl im „Wegkürtzer" (1557) in die Geschichte „Von einem König, Schneider, Risen, Einhorn und wilden Schwein" ein, auf die wiederum das Märchen vom „Tapferen Schneiderlein" zurückzuführen ist.

Aber bereits Shakespeare verarbeitet die Gestalt des Einhorns („Der Sturm", „Julius Cäsar") mit ironischem Ton und steht der Existenz des Tieres skeptisch gegenüber. Nach dem Mittelalter taucht das Einhorn meist nur noch als Reit- und Zugtier, als Wappenzeichen oder weiterhin mit medizinischer Bedeutung auf. Im 19. Jahrhundert lebt der Mythos um das Fabelwesen erneut auf, so zum Beispiel bei E.T.A. Hoffmannn („Klein Zaches", „Prinzessin Brambilla") und Achim von Arnim („Die Kronenwächter"). Beinahe eine Renaissance in der deutschsprachigen Dichtung erfährt das Einhorn durch Rainer Maria Rilke, in verschiedenen Gedichten beschäftigt er sich mit dem außergewöhnlichen Tier („La Dame à la Licorne", „Das Einhorn"). Martin Walser widmete den zweiten Band seiner Romantrilogie über die Figur des Werbefachmanns Anselm Kristlein dem Einhorn („Das Einhorn"). 1982 erscheint der Zeichentrickfilm „The last unicorn", nach einer Romanvorlage von Peter Soyer Beagle (1968).

Schon 1638 stellte der Arzt und Naturforscher Ole Worm fest, dass es sich bei den angeblichen Einhornstangen um Narwalzähne handelte. Dennoch wurde die Existenz des Einhorns nicht in Frage gestellt. Man ging einfach davon aus, dass es zwei Einhörner gibt: das Meereseinhorn (der Narwal) und das Landeinhorn. Die Nachfrage nach Einhornpulver brach nicht ab. Ärzte rieten zwar, vor allem nach den Pestepidemien des Dreißigjährigen Krieges, die Wunderheilung des Pulvers nicht zu überschätzen, Apotheken hingegen trieben weiterhin ihr gutes Geschäft damit. Noch heute finden sich in einigen Städten *Einhornapotheken*; der Name ist geblieben. Obwohl auch seit der Goethezeit paläontologische Forschungen vorangetrieben und die prähistorische Tierwelt erforscht wurden, fanden immer noch bis ins 20. Jahrhundert Afrikaexpeditionen statt, mit dem Forschungsziel, das Einhorn zu finden. Das geheimnisvolle Tier kehrte immer wieder in die naturwissenschaftlichen Untersuchungen zurück. Biologen versuchten zu beweisen, dass einem Paarhufer, welchem das Einhorn den überlieferten Abbildungen zu Folge ja zuzuweisen sei, kein Horn an der Stirn anwachsen könne, da dazu die anatomischen Voraussetzungen nicht gegeben seien. In einem Artikel der „Welt" vom Januar 2008 legt Josef H. Reichholf (Professor für Naturschutz in München, Präsidiumsmitglied des WWF Deutschland) einleuchtend und plausibel dar, dass aufgrund der literarischen und bildlichen Überlieferungen in früheren Zeiten eindeutig die Oryxantilope, oder eine Art von ihr, wie sie in Ägypten, der arabischen Welt und der Sahara zu finden ist, für das Einhorn gehalten wurde.

Die wissenschaftliche Diskussion um das Fabelwesen scheint noch nicht beendet. Das Einhorn hat aber schon längst wieder, nicht zuletzt mit „Harry Potter", Eingang in die heutige Phantasiewelt gefunden.

ANNA HEIN

Literaturverzeichnis

Rückert, Friedrich (Hrsg.): *Schi-King. Chinesisches Liederbuch*. Gesammelt von Confucius, dem Deutschen angeeignet von Friedrich Rückert. Altona 1833.

Einhorn, Jürgen W.: *Spiritualis unicornis*. Das Einhorn als Bedeutungsträger in Literatur und Kunst des Mittelalters. München 1998.

Einhorn, Jürgen W.: Artikel *Einhorn*. In: Ranke, Kurt (Hrsg.): *Enzyklopädie des Märchens*. Handwörterbuch zur historischen und vergleichenden Erzählforschung. Berlin/New York 1999, Sp. 1246–1256.

Hörisch, Jochen (Hrsg.): *Das Tier, das es nicht gibt*. Eine Text- und Bildcollage über das Einhorn. München 2005.

Minges, Klaus: *Das Sammlungswesen der frühen Neuzeit*. Kriterien der Ordnung und Spezialisierung. Mussen – Geschichte und Gegenwart 3. Münster 1998.

Reichholf, Josef H.: *Fabelhaftes Einhorn*. In: „Die Welt" 3. Januar 2008. http://www.welt.de/welt_print/article1512239/Fabelhaftes_Einhorn.html